U0545672

昨夜のカレー、明日のパン

昨夜的咖哩，明日的麵包

木皿泉

韓宛庭——譯

目錄

呣呣呣

「呣呣呣」在院子的緣廊前站穩雙腳，抬頭望天，雙手比出手槍的形狀，朝向天空「砰——」地低喊開槍。

徹子不禁望向天空，正好瞥見銀色飛機緩緩劃過青空。「呣呣呣」像要擊落那玩具般的飛機，再次「砰——」了一聲，回頭對徹子咧嘴一笑。

○

「哦，她笑啦。」

當天傍晚，徹子一邊準備燒賣和啤酒，一邊跟公公聊起這件事。公公是夫家的爸爸。

「沒錯，她笑了。」

「她終於能笑啦。」

太好了——公公說著喝乾啤酒。

「呣呣呣」不久之前還是一名空服員，但某天突然無法笑了，因此辭掉了工作，返回位於寺山家隔壁的老家休息。

「呣呣呣」是公公給她取的外號。因為她生氣的時候，不是「呣」地橫眉豎眼。為了隱藏心情，她會讓眉毛既像生氣地豎起，又似苦惱地下垂，最後變成「呣呣呣」的酸梅臉。自從公公發現了之後，兩人便偷偷叫她「哞哞哞」。

「是因為那個嗎？嗯，一定是那個發揮了功用，哞哞哞找回了笑容。」

他說的「那個」是指哪個呢？徹子聽得一頭霧水，只見公公兀自點頭。

「那個是指哪個？」

「與其說我給了她一句話——」

「什麼？」

「人總會有渴求那麼一句話的時候，對吧？」

「我不信那一套喔。」

「有的，一定會有那種時刻。」

「你給了她——一句話嗎？」

「哎，比較像是一種魔法咒語吧？」

「所以，你到底跟她說了什麼？」

「這是祕密。一旦跟人說了，就會失效。我給嗯嗯嗯的，是只對她有效的特別版本。」
「我也想要特別版本，只屬於我的魔法咒語。」
「不行、不行。」
「為什麼不行？」
「因為——徹子不信這一套嘛。」
徹子當然不是真的相信，也不認為光憑一句話就能解決問題。
「是嗎，那個嗯嗯嗯終於笑啦……這樣啊。」
公公看起來非常喜出望外，又說了一次隔壁鄰居能笑的事。
「既然這樣，以後不能叫她嗯嗯嗯了呢。」
公公一邊說，一邊像要舉杯慶祝，拿起第二瓶啤酒站起來。

「她的本名叫小田吧。」

徹子從隔壁門牌知道她的姓。

「該怎麼稱呼她呢？」

公公舉著啤酒尋思良久——

「就叫她小田小姐吧。」他說。

「這樣不就變成普通人了嗎？」

「是啊，表示她變回普通人啦。」

「總覺得……有點遺憾。」

徹子難以言喻是哪一種遺憾，只是，好不容易變得特別的「嗨嗨嗨」，此刻變回了「小田小姐」，感覺這個人從今以後便會消失在他們的對話之中。

徹子突然在意起街坊鄰居如何稱呼自己。

「自從妳嫁來這裡，大家就習慣叫妳『小媳婦』喔。」

「小媳婦？」

「不喜歡啊？」

「不是，我現在已經二十八歲了。」

徹子想起自己曾是這個家的媳婦。而且，一晃眼竟在這裡住了九年。

「徹子曾經是媳婦啊。」

好像就連公公都忘了這件事，感到新奇似地茫然低語。

徹子的丈夫——一樹，在七年前去世了，在那之後，徹子和公公繼續同住一個屋簷下，每天工作完就吃、吃完就睡，就只是奮力過日子。如今，兩人早已忘記昔日的稱謂和立場。為何要留下來、跟他一起住？就連原因也在日常堆砌的歲月裡漸漸變得模糊。回過神來，本來只是稱謂的公公[1]變成了如同綽號的公公；而七年前死去的丈夫依然還是丈夫。

徹子為公公取來醬汁。她知道公公喜歡用特殊的方式享用最後一顆燒賣：先淋上滿滿的伍斯特醬，再一邊浸泡，一邊戀戀不捨地吃掉它。

◌

隔天，徹子也收到了「那麼一句話」。這句話出自她的男友岩井。

但才說到一半，岩井眼尖地發現沙發座位空出來，隨即拿起咖啡移動過去。徹子也急忙端起自己的杯子跟上。他總是這樣，不顧彼此正在說話，視線永遠追逐著沙發有沒有空出來；一旦發現座位，無論正在談論的事情有多麼重要，都會立刻起身換位。她曾問過一次，為何要執著於沙發？他回答，都付一樣的錢，不坐沙發不是很可惜嗎？

「好，妳怎麼想？」

岩井眼神認真地發問。

真是個好問題，重要的部分被換位子打斷了，幾乎沒聽見。徹子如此表示後，岩井回道「這是哪門子理由？」，心情大打折扣。

「沒辦法啊，是你自己邊說邊換位子的。」

岩井重述了一次「沒辦法啊」才開口：「我是在說，我們差不多該結婚了吧？」

1 注：原文此處使用發音與意思相同，但寫法不同的「義父」及「ギフ」（日文的公公之意）來表現徹子的心境轉折。

屋漏偏逢連夜雨，這次徹子竟然在岩井快要說完時連打了三個噴嚏，岩井反射性地拿起咖啡杯、身體往後縮。為了不吸入徹子的飛沫，他甚至還閉了氣。兩人不經意地對上眼，一陣尷尬的氣氛流過。

「——所以，我的意思是，要不要結婚？」

岩井心想應該可以了，再次開口表示。

「泥凸然這模梭，窩也不株到要者模辦——」

徹子擤著鼻涕，表達不悅。

「什麼？」

你有必要這樣一臉陰沉地求婚嗎？這才是徹子的內心話。

「我說，你突然這麼說，我也不知道要怎麼辦。」

「的確有點突然，但要什麼時候說才不突然？」

「因為，和你結婚的話，我就會變成岩井徹子。我才不要這種硬邦邦的名字[2]。」

這個回答似乎完全出乎岩井的預料之外，害他瞬間當機。但他迅速恢復了鎮定。

「嗯，看見了。」

看見了——這是岩井自國中起的口頭禪。聽說一位數學老師教他，仔細順著圖形的邊緣看過去，一定能看見輔助線。「來，有囉！看見了、看見了。」經老師這麼一說，他還真的清楚看見那條神祕的虛線，數學題也像變魔術般迎刃而解。不知此刻，他又看見了哪種輔助線呢？

「我明白了，是我不好。」岩井老實道歉，接著說：「對嘛，這件事不

2 注：傳統上，日本女子結婚後會從夫姓。徹子音同鐵子，所以語感也像「岩井鐵子」。

適合在這種地方談，妳是因為這樣才生氣的吧？果然還是需要一些排場嗎？女孩子特別在意這些對吧？」

「你說的這——些，是指哪——些？」

「我懂、我懂，妳不是因為對形式有所堅持才生氣。懂、懂。我會弄得正式一點，找間氣氛浪漫的店，買個名牌戒指什麼的。」

徹子很想提醒他搞錯方向了，但他像個剛解開數學題的國中生，整個人得意忘形，聽不進別人的話。

「這件事我會等訂好餐廳之後擇日再和妳詳談——抱歉。對嘛，是我太不細心了。」

岩井看了手錶一眼，說「哦，已經這麼晚了」，然後彷彿電視連續劇的固定橋段，裝模作樣地拿起包包站起來。

「那麼，今天就請妳當作沒聽見。」

岩井做出笑臉，一副游刃有餘的樣子走出去，徹子目送他離開，心裡感覺糟透了。

○

那天徹子難得加班，利用等電車的時間，重新思忖岩井那句「請妳當作沒聽見」。仔細回想，整件事好像不是無跡可循，岩井很愛問「妳怎麼還冠夫姓？要不要改回來？」或是「正常來說，應該要搬回老家吧？」諸如此類。

「太奇怪了吧？哪有人跟過世先生的爸爸單獨繼續住在一起？別人會說閒話的。」

「沒有人會這麼想。」

徹子否定之後——

「妳太天真了，大家只是藏著不說。」

兩人好像曾有過這段對話。想當然，有這種想法的人就是岩井本人。

就算聽見「我們要不要結婚？」，對現在的徹子來說，也不是什麼值得感激的咒語。她並不討厭岩井，只是，與別人一同生活是什麼感覺，與公公同住的九年間，她早已看透。她不認為現在再跟其他人一起生活，會有什麼不同。不如說，只是需要延續的雜務變多了而已。

「真麻煩。」

徹子不小心發出聲音，急忙不動聲色地查看四周。當然，旁邊等車的人都各自面無表情。

身邊的年輕女子沉浸在自己的世界，專心讀著手中的信，她的手背上似乎寫了字。定睛一看，工整的原子筆字跡寫著「瓦斯費」。大概是逾期的瓦斯費繳交期限快到了，或是若再忘了繳，就要被斷瓦斯吧？徹子沒有獨居過，無法想像如此吃緊的生活，但女孩渾圓的字跡看不出緊張感。徹子瞥見信紙的一角，看起來像是公司業務聯絡用的信箋，上面用漆黑的大字寫著「我好寂寞啊！吉本小姐！」，字跡奇醜無比。徹子忍不住繼續偷看，發現後面用小字瑣碎地追問「轉換跑道嗎？」、「結婚嗎？」、「為什麼突然辭職啊？」，最後又用那超大的字跡，留下彷彿被卡車撞到般潦草歪扭的「德田剛」。

女孩一邊讀信，一邊拿出手機專心打字，但大概是傳訊也來不及，她低嘆一聲「啊——真是的！」，放棄似地蓋起手機，屏息緊盯通往驗票閘門的樓梯。接著，在片刻猶豫後，豁出去般地離開隊伍，全速衝向那道樓梯。即將進站的車是末班車，已經無法回頭了。

好像風箏啊。徹子思忖。女孩宛如斷線風箏飛往上空，身影一階又一階地奔上樓梯、越變越小。是那句「我好寂寞啊！吉本小姐！」感動了她、驅使她行動嗎？而岩井那句「我們要不要結婚？」依然如同一顆氣球，空虛地飄在徹子的頭頂。

女孩脫隊後，隊伍慢慢合攏，隨後恰似什麼都沒發生過，人們繼續等車。這是今天依然沒有勇氣脫隊的笨拙者大集合吧。徹子忍不住想。

○

繞去站前巷弄裡營業到凌晨兩點半的小店一看，公公果然在這裡小酌。

「徹子！」

他舉手打招呼。

「你在喝什麼呢？」

徹子一邊往隔壁位子坐下，一邊問，公公把已經不知喝到第幾杯的燒酎亮給她看。

徹子點了一樣的之後，終於可以好好坐下了。她不小心說出「嘿——咻」，公公沒說什麼。換作是公司同事或上司，一定會挖苦道「討厭，寺山小姐，妳怎麼跟個老人家一樣」，為了回應這千篇一律的套路，有時即便她不想說，還是非說不可。這是受到電視漫才[3]節目的影響嗎？曾幾何時，社會上出現了對話當中必須有吐槽才是禮貌的奇妙規矩。

公公看上去神清氣爽，好像剛洗完澡。問了才知道，他還真的回家洗過澡。熟悉的肥皂味給徹子一種彷彿回到家的放鬆感。

3 注：類似雙口相聲，由兩位諧星分工表演，一人負責裝傻，一人負責吐槽。

公公隨身帶了把雨傘。

「咦？會下雨嗎？」

「不，只是今天早上說過會下雨。放心，今天之內不會下了。」

公公的職業是氣象預報員，平時也會上電視，因為這樣，偶爾也會有陌生人向他打招呼。每當他播報今天會下雨時，必定會帶雨傘出門，這跟報導的準確度沒什麼關聯，據他所說，這麼做只是不想愧對於相信他而帶傘出門的人。

「話語果然可以打動人心呀。」

徹子聊起剛剛那個宛如斷線風箏的女人。

「她一定也是被什麼束縛著，無法採取行動。是那句話解放了她吧。」

「你說的束縛，是指什麼呢？」

「嗯——新聞不是常常有嗎？例如家裡的某某某刺了某某某一刀，或是職場上的部下殺死了上司之類的——但這只是結果，我想，在事情演變得一發不可收拾之前，中間一定還經歷了許多事吧。」

今天的公公特別多話。「繼續這樣下去，我可能會失手殺人，或是被人殺死，明明知道再這樣下去不行，卻無法逃離這個狀態——我指的就是這件事，彷彿被什麼給束縛著。」

「好，所以——你到底想說什麼？」徹子拿出耐心又問了一次。

「因為他們陷入了困境，認為自己只剩這段人際關係了、只剩這個地方能待了、只剩這份工作了；所以即使受到虐待，也無法想到可以逃跑，彷彿被下了詛咒。倘若世上真有能讓人無法逃跑的咒語，我相信，世上也存在著與之等量的解放咒語啊。」

驀地，徹子彷彿聞到了麵包剛出爐的味道。

「就像當時那家夜間營業的麵包店。」

徹子喃喃自語，公公遲了一拍發出「啊啊」的聲音，宛如剛泡進熱水澡裡的輕嘆。

「沒錯，妳記得真清楚。一樹住的醫院附近的麵包店。」

腦中浮現一條漆黑無光的夜間道路。夜裡，公公和徹子曾經一再地穿越它。那是從醫院返家的必經之路，當時一樹被宣判得了癌症，動手術也無法根治，儘管如此，兩人仍抱持一線希望，想著也許可以回到原來的生活，一而再、再而三地穿越那條往返於職場、醫院和住家的黑暗道路，即使感到悲傷淒涼，疲倦至極的兩人也沒有說話。就在那時，前方突然出現光亮，一塊立式招牌躍入眼簾，像隻起跳的貓。走近一看，是家麵包店。午夜十二點已過的深夜，裡頭的人卻像大白天一樣忙碌工作著。徹子和公公推門而入——

「麵包馬上就要出爐囉。」

店裡的人朗聲招呼，於是他們決定等。他們已經太習慣等。醫院的每個地方都要等，聽報告的房間要等，批價繳費的櫃檯要等，手術室、護理站……無一例外。兩人甚至心想，烤麵包的香味是全世界最幸福的味道。聽著店員把麵包放進袋子裡，酥脆的表皮發出的「叭哩、叭哩」聲，徹子和公公忍不住微笑。一條麵包明明沒有多重，感覺卻像懷裡抱著活生生的貓那般暖和，兩人不禁輪流抱著麵包回家。

明白了悲傷之時，依然能感受到幸福之後，徹子的心境也起了變化，開始能夠更加豁達地接受各種事情。

早晨，徹子在醫院醒來，發現一樹獨自聽著廣播。他叫徹子一起來聽，原來是公公在播報氣象。聽著公公用平板的語氣說著單調的內容，一樹笑著說「真和平啊」。望向窗外，新的一天才剛要開始。此時此刻，兩人已知曉再也無法回到從前；但與此同時，徹子也能發自內心感到「真和平啊」。能夠產生這樣的心情，她認為都要感謝當時的麵包。

「人啊，有時也會被情緒困住呢。」

徹子憶起那段內心只有悲傷的時期，輕輕說著。

「嫉妒、憤怒、欲望——這樣算是悲傷嗎？人活在這個世界上，總是被什麼給束縛著啊。」過去也曾差點被悲傷壓垮的公公，用力咬斷章魚[4]說道。

○

明明要她當作沒聽見求婚，岩井自己卻沒做到。大概是覺得已經有所表示，心情放鬆了，他時不時就沒頭沒腦提到「要不要養狗啊？」、「我討厭的食物只有高麗菜捲」云云，連在路上看見親子散步都會說「小嬰兒好可愛啊」。感覺他的興趣已經從「徹子」變成對「未知婚姻生活」的嚮往，不僅如此，他還對於自己的鬆懈毫無自覺。用公公的話來比喻，就是他被「結婚」給束縛了。

岩井憑什麼認為我會跟他結婚呢？徹子對此沒來由地一陣惱火。為了不讓他有所誤會，徹子自認十分小心翼翼，要說有哪一點疏忽了，大概就是自己沒有丈夫吧。

終於，徹子豁出去了，單方面跟岩井放話——我沒有結婚的打算，請你空下一天，我們好好談談以後的關係！她還強調要直接碰面，不是傳訊息。岩井回說，既然這樣，自己星期六下午有空。說了再見之後，徹子

---

4 注：日文的章魚音同風箏，都讀成tako。

回頭偷看，發現岩井的表情維持著上班族的矜持，動作卻如同稚子，用手緊張地扭著自己的衣服。

夜裡，徹子在廚房的月曆做了記號，以防忘記這個談判日。她想了一下，畫了閃電的符號。

「哦，這裡竟然打雷啦。」

狀況外的公公一下子發現了符號，天真地感到高興。他對於閃電的象徵意義絲毫沒有感應，反倒揭露了氣象預報員才知道的小知識。

「在空曠處閃避落雷，原地趴下是最好的方式喔。」

在情侶談分手的日子抱頭趴下為宜喔——總覺得也能這樣解釋。

自己會就此跟岩井分手嗎？她一面思索，一面把要洗的衣服扔進洗衣機，同時聽見浴室傳來公公的自言自語。

「山豬再大，也不比山大[5]！」

這是他的口頭禪。

「毋須擔心！」

說完之後，他感覺心情大好地喊了一聲。

◌

結果，與岩井約好的日子是颱風天。公公一早急忙補強家中各處，為院子裡的樹木做好支架。聽說傍晚颱風會直撲而來，公公今晚要睡在公司。他倉促地在玄關穿著塑膠雨鞋，一面簡短向徹子交代來不及完成的

5 注：日本俗諺，比喻事情再怎麼誇張也會有個限度。

細項，仔細確認家門前都沒問題後，說聲「好！」就出門了。他緊張不是沒道理，畢竟這是一棟屋齡八十年的木造老屋。遮雨板要關、記得儲糧、盆栽要挪進屋裡、總之別出門、如果非得出門一定要穿雨衣雨鞋。平時沒設門禁的寺山家，唯有在遇到天災時，公公會瞬間化身為囉唆的宿舍長，充分發揮權限。

徹子把盆栽移進玄關，想起自己跟岩井下午有約，但颱風快來了，她決定提早出門。

她有點遲疑是不是真的該穿雨鞋，最後還是乖乖換上，因為想到有可能晚歸，加上公公說過，這個颱風的移動速度很快。但是越接近車站，她越感到排山倒海的後悔。颱風靠近，空氣中的確帶有一種風雨欲來的寧靜，然而人潮依舊洶湧，全副武裝搭電車，需要相當的勇氣。明明颱風即將來臨，路上行人卻穿著普通的衣服。事到如今，她也不好回家換衣服，只好想像自己是魚販，正要趕去魚市批貨。隨著電車搖晃行進，她的想像也越來越入戲。如果能把剛批來的大小漁獲漂亮地去骨分切、被附近的太太們旋風似地買走，心情不知有多暢快啊，她不自覺地嘆了一口氣。

「妳怎麼穿雨鞋？」

電車裡有人搭話，抬頭一看，竟是熟識的魚販小姐。時值九月，她卻穿著小可愛背心、迷你裙加一雙涼鞋，每一樣都是亮晶晶的新品。

「妳要去約會嗎？」

由於實在看不出是魚販，徹子忍不住問。

「怎麼可能？當然是去工作啊。倒是妳，早上就穿雨鞋，去哪裡啊？」

這位小姐在岩井家附近的市場魚攤兼差，好像以為徹子是附近居民。

「我早上的工作處理完了，現在剛要回家。」

徹子說謊了。本來擔心被追問是什麼工作，幸好魚販小姐沒有多問。

「哦，那，為什麼要穿雨鞋？」

話題果然繞回鞋子。關於雨鞋，徹子決定實話實說。

「因為有颱風。」

「啊，對喔，今天有颱風！進貨應該會少一點，真幸運！」

這句話要是給公公聽見，恐怕會大發雷霆。颱風可能造成死傷，魚販小姐卻連想都不想就說幸運。

「嗳，打個商量，我可以用這雙雨鞋和妳交換涼鞋嗎？反正妳去店裡也要一整天穿雨鞋吧？」

徹子姑且一問，被她以「這樣我要穿什麼回家？」為由拒絕。

「好想去海邊喔，今年我都還沒去過海邊呢。」

魚販小姐繼續閒聊。她的身上傳來淡淡的魚味，彷彿一隻登上陸地的魚眷戀著海洋，也令人聯想到用聲音交換了雙腿的人魚公主。或許她也受到了某種詛咒，才會在魚攤工作吧。

「颱風也有賣裙帶菜根，再來買喔。」

離別之際，魚販小姐不忘招呼生意，親切地朝她揮揮手。徹子也笑著揮手。裙帶菜根是岩井愛吃的小菜。

雨鞋的尺寸過大，走起路來磕磕碰碰，相當不舒服，但她沒有心情直奔岩井家，索性走進便利商店看看有沒有東西可以買。倒映在飲料玻璃櫃上的身影，令徹子想起小時候。在一張照片裡，兒時的自己穿著一雙尺寸過大的黃色雨鞋，努力站穩不跌倒。徹子逃避現實地心想，自己要是能在這條光滑空蕩的便利商店走道上摔倒的話，不知該有多好。

○

「咦？妳已經來啦？」

岩井裸著上半身開門。

「你在幹麼？」

「咦？也沒有啊——妳先進來吧。」

為了脫下雨鞋，徹子只好先坐下來。這裡跟公公家不同，玄關沒有高低差，很難脫鞋。

屋裡有一半很整潔，另一半則亂七八糟。

「我打掃到一半。」

岩井找了藉口，但她實在無法想像是用什麼方式打掃。

「妳太早來了，不是說好下午嗎？」

「因為颱風要來了啊。」

徹子撿起散亂的報紙和雜誌，疊在桌上。

「算了，這件事不重要——那個，妳可以幫我把它撕下來嗎？」

岩井轉身露出背部，上面貼著四塊大片的痠痛貼布，他應該就是為了撕下貼布才沒穿衣服。徹子嘗試撕下邊角，岩井旋即大叫：「好痛啊啊啊！」

「這是老媽寄給我的，黏性特別強，痛死我了。」

徹子再次嘗試要撕，岩井急忙說：「等、等等！先暫停！等我下定決心！」

下定決心的說法聽起來很滑稽。

「好了嗎？我要撕囉，決心下好了嗎？」

「嗯，好了──麻煩妳！啊──好痛啊！停，暫停！」

「到底要等多久？」

「──不然，我們先喝茶吧。」

岩井打著赤膊，為她沖泡了從中華街買來的凍頂烏龍茶，不忘說「一百克就要兩千日圓耶」。

徹子喝了一口兩千日圓的烏龍茶，開門見山地說「我們馬上進入正題吧」，岩井又說了一次「等我一下」，伸手撈起扔在地上的T恤、穿上去後，端端正正地跪坐在坐墊上，認真地說了聲「嗯」。

「我不想結婚，但我不是討厭你，只是，我對結婚有一種……」

她出門前有想好理由，現在卻無法好好說出口。

「妳不把原因說清楚，要我怎麼接受？」

他說得很對。

「總之——我就是排斥結婚這件事。」

「但妳之前不是結過婚嗎？」

「那個時候我才十九歲，還很年輕，什麼都不會想。」

「妳是對上一段婚姻有陰影嗎？」

「不是，我過得很開心。」

「所以，妳不是討厭結婚，也不是討厭我——對嗎？拜託說清楚啦。」

「好，老實說——」

岩井自己要她說清楚，聽到關鍵字又露出怯懦的表情。

「——我想，我應該是排斥組織家庭吧。」

「為什麼？」

「因為——」

徹子回想起久未返鄉的老家，那道連接自己房間與客廳的漆黑樓梯。不知何時起，她總是懷抱著憂鬱的心情，一次又一次地上下樓梯。她再也不想回去那裡。徹子和雙親沒有交惡，只是受夠了隱忍，隱忍父母的價值觀和自己的價值觀逐漸偏離。現在，她很確定是那個地方讓她感到窒息。與一樹結婚的原因，就是為了離開那裡。十九歲的自己以為只要離開那個家就沒事了，如此一來，就能建立全新的家庭。然而，二十八歲的她已然領悟，每個家庭都存在著那道樓梯。她可以想像，此時此刻有多少國高中生表情陰暗地登上樓梯。即便一樹活得健康長壽，兩人一起共築了家庭，家裡遲早都會出現那道漆黑的樓梯吧。這是徹子時常浮現的念頭。

「我做不到。我完全無法想像幸福的家庭是什麼樣子。」

說到這一步，徹子才首度明白，自己之前一直在逃避，假裝沒發現問題的核心。因為她怕一旦說出口，眼前的一切就會轟然瓦解。

「我其實很討厭家庭。」

徹子說出真心話，並且做好天花板會伴隨地鳴聲掉下來、世界隨之毀滅的心理準備，結果無論是對面陽臺的晾晒衣物，還是遠方車子傳來的呼嘯聲，一切照舊，散發假日午間的慵懶氣息。

「這有什麼好討厭的啊？」

岩井的回應方式，就像聽見有人說討厭吃胡蘿蔔，真傷腦筋呢——這般輕鬆。

「我想，應該有個關鍵的原因吧？」

「我一時之間也說不清楚——」

她討厭的是喪禮上的母親。母親像要驅除喪葬的晦氣似地，神經質地拚命撒鹽[6]，在她的眼裡，一切骯髒的、邪惡的、晦暗的、悲慘的東西都要盡力排除。她只喜歡光明的、無憂無慮的、整潔乾淨的東西。想必現在，那對夫妻也穿著成對的白色運動服，規律地在早晨和夜晚跑步吧。在路上看見黃金獵犬，還會用裝可愛的聲音說「好口愛呀——」。

風吹不進來，明明九月了卻無比悶熱，岩井再次脫下T恤。被太陽晒黑的脖子流滿了汗。他的頸背看起來真健康，徹子突然感到憎恨。雜誌封面上展露陽光笑容的模特兒、強調具有潔牙作用的口香糖包裝紙，還有寫著純天然不含活性氧的純水寶特瓶，一切都讓她無比憎恨。還有那些不顧風災、不穿雨鞋、不懂畏懼，只會如常過日子的所有人，她光想就一肚子火。

「媽媽、爸爸，以及所有人都以為自己不會死，我最氣就是這個！還有你、魚販小姐、公司同事，也通通覺得自己不會死！但，人是會死的啊！」

岩井不知道發生什麼事，一臉錯愕地聽著徹子說話。

「人終將一死。」

徹子忍住不哭。

6 注：日本有撒鹽祈福、驅除不淨之物的習俗。

「跟一樹一樣，人是會死的啊。」

「我明白。」

岩井好不容易回上一句。

「你才不懂。」

徹子幽幽地說，語帶絕望，聽著教人寒毛直豎，岩井下意識地緊緊握住她的手。

回想起與公公走過的漆黑夜路，徹子再度呢喃「你才不懂」。

○

結果當天颱風來了個大轉向，兩人一起吃了岩井做的炒麵。

「我跟妳說過我在埃及遇到的事情嗎？」

「哪件事？」

「我在沙漠和人吵架。」

岩井的工作是把二手的建設機具賣到東南亞及中東地區。

「我坐在車上和人談生意，談著談著對方突然發飆，把我丟在沙漠正中央，自己開車揚長而去。」

「然後呢？」

「沒辦法，我只能拿著包包，跟平時一樣走路啊。」

「跟平時一樣？」

「就是跟在日本的商業區時一樣，用腳前進啊。結果對方也覺得自己做得太過火了，開車回來找我，發現我一臉稀鬆平常地在走路，嚇都嚇壞了。我沒騙妳，他真的嚇了好大一跳，還說Mr. Iwai[7]真是great。在那之後，工作都超級順利。妳剛剛不是說了嗎？——我才不懂。沒錯，妳說得很對，我竟然笨到人在沙漠還只顧著談生意，當地人才不可能這麼掉以輕心。難怪對方會活活嚇到，因為啊，我真的有可能在沙漠裡直接死掉。妳說對了，這很反常，我是不是麻痺了啊？是不是哪裡壞掉了？」

徹子想像了一下岩井穿西裝，在沙漠正中央認真走路的模樣，覺得實在很有他的風格。

「妳說得沒錯，人是會死的。」

岩井扒光剩下的炒麵，感慨地說。

接著，他正色說「我下定決心了」，把背轉過來。

「沒錯，反正都會死，我做好覺悟了！來，撕吧！」

經他一說徹子才想到，貼布還沒撕。

「交給妳了，挑一個喜歡的撕吧。」

「你確定？」

「別說這麼多，狠狠地撕下就對了。」

徹子挑了最下面的，一鼓作氣撕下來。

「好痛啊啊啊——」

如他所說，這個貼布黏性特強，皮膚都泛紅了。通紅的肌膚上，出現用麥克筆寫的「大吉」兩個字。

「上面寫什麼？」

岩井一邊叫痛一邊問。

7 注：岩井的羅馬拼音。

「寫著大吉。」

「是嗎，那就表示可以不結婚，但是兩人繼續交往會比較好喔。」

「可以不結婚嗎？」

「跟運動一樣，要先有好印象再開始啊。」

徹子想把其他幾片也撕下來，但岩井堅決不要，死守背部。想必每張貼布底下都寫著「大吉」吧。

「這是誰的字？」

「哦，我請樓下便利商店的工讀生幫忙寫的。」

那個無論做了多久依然跟便利商店的制服不搭的工讀生啊。他的字雖然不漂亮，但魄力十足，很有大吉的氣勢，跟徹子在月臺看到的女子手中的信，字跡有那麼一點像。

「你竟然在我來之前做了這種事。」

「我很慌張啊，妳又提早到。」

岩井在沙漠當中行走時，是否也認為只要一直走、一直走，就會看見輔助線呢？他若是不放棄地繼續走下去，也許真會看見通往下一個世界的門也說不定。儘管徹子還無法掌握婚姻的全貌，但是就在「我討厭家庭」這句話脫口而出的瞬間，她好像看見了自己應該行走的方向。她想，只要朝不討厭的方向一直走，遲早會抵達目的地吧。

○

剛走出岩井家，公公便傳來訊息。

「我今天會回家。關於嗡嗡嗡的稱呼問題，妳覺得叫她寶淑女[8]怎麼樣？她的本名叫做小田寶。」

颱風雖然不會直撲而來，但風勢依舊強勁。徹子順風走著，忽然想到「呣呣呣」的雙親。他們一定把女兒當作寶吧。然而，人不可能永遠如寶石一樣美麗耀眼，束縛「呣呣呣」的，或許就是她的本名吧。

一個黃綠色的東西被風高高捲起。仔細一看，是孩子用的塑膠昆蟲飼養箱。大概是暑假用完就放在陽臺，忘了收進去，才會被風捲走。徹子看著應該關住昆蟲的飼養箱咻地飛向空中，心情突然一陣開闊。昆蟲箱意氣風發地飛向空中。

公公又傳來訊息。

「今天颱風遠離後，我們按照預定去壽司店吧。」

按照預定？我們沒說好今天要吃壽司啊？——徹子想到原因了，獨自笑出來。車站前新開了一家壽司店，名字就叫「雷壽司」。公公把月曆上的閃電符號當成「雷壽司日」了。

徹子一邊甩動寬鬆的雨鞋，一邊回訊給公公，昆蟲箱就在此時不知飛往何處不見了。那一定是個任誰都還想像不到的地方，世上一定還存在著那樣的地方——徹子深信。

8 注：原文為「タカラジェンヌ」，日本人對寶塚歌舞劇團員的暱稱，這邊取作諧音外號。

能量景點

阿寶已經累壞了。她沒有特別做什麼，只是去醫院探望住院的朋友。

「什麼啊，你看起來精神不錯嘛。」

她只說了這句話，並在病人面前吃掉一個自己帶去的櫻花蒙布朗。

阿一已經幾乎吃不下東西了，她卻連這點都不知情，遲鈍地提著一盒蛋糕來探病。媽媽只在電話裡說「阿一住院了喔」，聲音聽起來很輕快，害她大意了。媽媽老是這樣，不重要的事特別多話，重要的事卻忘了交代。阿寶已經離家多年，不小心忘記了。就在她腦袋一片空白時——

「不然，阿寶，妳吃給我看吧。」

阿一如是說。他從以前就是很細心的男孩子，跟粗心、體格結實的女孩阿寶完全不同。要是反過來多好啊——附近的大人總愛這樣調侃他們。

她買了四個，吃掉了兩個。這是自己跟阿一的份。她拚命地吃，想藉此彌補失誤。剩下的兩個是買給阿一的太太和爸爸的，她把蛋糕盒冰進聽說可以寄放的護理站冰箱。

因為她太專心吃，吃完後頓時又緊張起來。她不知道該做什麼好。阿寶在公司和家裡都是手腳勤快、辦事俐落的人，但若是不知道目標，就會突然手足無措。阿一察覺了這點，問她工作上有沒有好玩的事情。竟然讓病人照顧自己的心情，阿寶覺得良心受到苛責，趁話題告一段落就說

「我會再來的」並走出病房。

她連在醫院走廊都覺得渾渾噩噩。因為腳步遲緩，住院病患的身影也更容易映入眼簾。他們的手腕上圍著印上姓名和血型的白色識別帶，雖然都穿一樣的睡衣，但想必病況各自不同。那個人看起來很有精神，但是病情跟阿一的相比，是比較好，還是比較差呢？她不禁在意起這些事。說來說去，在這間醫院裡，阿一的病情大約落在哪個位置呢？思索到一半，她忽然意識到醫院裡只分成兩種病人——治得好的病人與治不好的病人。現實是無情的，由生向死的人與由死向生的人之間，有著涇渭分明的界線。儘管如此，大家卻都來到休息室，悠哉地喝著罐裝咖啡。

走出醫院，戶外依然艷陽高照，路人一逕朝著自己的目標筆直前進。對，就是這種感覺。阿寶在默默走路的人群之中漸漸找回自我——

我是航空公司的空服員，今日排休，由於要去醫院探病，所以沒穿本來想穿的碎花洋裝。我在那個藍色招牌的銀行裡擁有自己的戶頭，存款約有七十萬日圓；隔壁的便利商店有我愛吃的高麗菜捲關東煮，一份一百二十日圓。今天去醫院看的阿一是住在老家隔壁的青梅竹馬，他的病情並不樂觀。

想到這裡，她發現天空中有一道筆直的飛機雲。這不是巧合，而是會在固定時間劃過天際的班機所製造出來的雲霧。阿一的病可能治不好了，這是再怎麼努力也改變不了的事實，如同那道筆直的飛機雲，連一分一毫都不會移動。

「阿一，你別死。」

她在紅綠燈前駐足的瞬間，用無人能聽聞的音量小聲地說。聲音聽起來有夠呆。她赫然發現，剛剛在病房承受的痛苦，現在已全然消失。跟公司學妹黑河內最愛掛在嘴邊那句傻愣愣的「加油喔——」一樣，感受不到絲毫緊迫的張力，根據聽者的主觀感受，有時也會覺得被瞧不起了。

「阿一，你別死。」

是啊，我的話語毫無價值。無論說什麼，都不可能挽回他的生命。

原來如此，這就是「空虛」嗎？她想。傍晚有一場酒聚，她用手機查詢地址，漸漸就把阿一的病和空虛的話語拋在腦後。

○

「我跟妳說過了嗎？」

阿寶要去峇里島旅行前，為了拿呼吸管和蛙鞋等潛水用品，回了老家一趟，媽媽這樣告訴她：「阿一去世了喔。」

當時全家在吃桃子，正聊到吃下當季初採的水果可以長壽，媽媽冷不防開口。

「什麼時候走的？」

與其說是悲傷，感覺更接近不可思議。是嗎，原來阿一已經不在了啊。

「四月左右吧？當時櫻花開得好漂亮，妳自己沒有回來的。就算打電話給妳，妳八成也是一副嫌煩的樣子吧。」

桃子的汁液，滴滴答答地從指間落下。

她三月初才在阿一的病房吃過櫻花蒙布朗。

「白髮人送黑髮人，真難受啊。」

爸爸的聲音略帶鼻音，但手裡依然抓著遙控器，快速切換著電視頻道。

阿寶覺得無論哭泣或是驚愕，都不足以表達自己的心情，最後只能發出漏氣般的「嘶——」一聲。接著，她驀地想起畢業旅行回來時，送給阿一的紀念品——那個雪人在滑雪的小布偶，不知道還在不在？就算阿一不在了，那個一臉悠哉滑雪的雪人布偶，應該仍收在隔壁屋子裡的某處吧？她忽然有股衝動想跑去隔壁，如同兒時常玩的捉迷藏，拉開所有能拉開的門，把所有能找的地方都翻遍。

之所以想起那個已經無所謂的雪人布偶，是因為久久回到老家嗎？阿寶的房間維持著離家當時的模樣，東西都沒有移動。她攤開圖案熟悉的棉被躺下來，盯著那片理應再熟悉不過的天花板，卻有一種身處異地的錯覺，彷彿一切都已無法挽回。

她試著在棉被裡輕喃「好哀傷」，聲音很輕柔。她想起之前在紅綠燈前說過的「阿一，你別死」。果然不太對，跟當時一樣，就是不太對。然而腦中只浮現「好傷心」、「好難過」這類空泛的詞，無論怎麼想，就是想不出最合適的字彙。她甚至覺得那樣的字並不存在。於是，她放棄尋找用詞，把自己的心情像是摺棉被一樣，不停地摺、不停地摺，摺成小小的一塊。當她心想差不多跟微塵一樣小時，腦中赫然冒出「彌勒菩薩會在五十六億七千萬年後來救世[9]」這個玄而又玄的句子。原來如此啊，「救救我」——這才是現在最貼近心情的句子。然而，腦中又有另一道聲音問，那又如何？思緒在此中斷，她就這樣睡著了。

○

最近阿寶發現，自己無論做什麼都無法開心，但她心想，也許歲數增長

9 注：引自佛經裡的典故「彌勒菩薩會在五十六億七千萬年後成佛」。

就是這麼一回事，所以沒有放在心上。

自從在職場被叫做學姐，她的工作更忙了，總把自己的事情擺最後。她喜歡贏得上司和下屬的信賴，覺得這樣很滿足，為了追求更多的成就感，她一頭栽進了工作裡。因此，當她發現自己突然不能笑時，完全不能理解發生了什麼事。她以為自己會一直過著充實愉快的生活，所以，當身心科醫師告訴她——

「現在有很不錯的藥喔。」

並且翻開厚厚的醫藥目錄給她看時，她大感受傷。她從沒想過自己必須仰賴這類藥物，甚至覺得人生完蛋了。但是，醫師像在網路上挑衣服一樣，笑咪咪地推薦她各種藥物。

「小田小姐，妳可以試試這個。」醫師說完，開了一週份的處方藥給她，藥錠的顏色跟他的圓點領帶非常搭。

從醫院返家的途中，阿寶遇見了國中同學酒井。她看棉被店的鐵捲門是拉上的，上面還貼著一張紙寫「蜜月旅行中」，不小心大意了。阿寶故意避開公司附近的診所，大老遠地跑來老家一帶看診，就是不想遇見熟人，怎麼運氣這麼背，偏偏讓她遇到老同學呢？

酒井帶著不自然的笑容湊上來，感覺怪噁心的。但他馬上有所自覺，解釋自己罹患了顏面神經痛，明明沒有打算要笑，嘴角卻會不自覺地揚起，看起來好像在笑。

「我超慘的。」他笑著說。

「妳知道嗎？我本來是婦產科醫生耶。」

酒井因為在診察時嘻皮笑臉，不得不辭掉工作。聽說婦產科醫師嚴禁過多笑容。

阿寶皺眉聽著——

「哎唷，不要露出那麼沉痛的表情嘛，我的事真有這麼慘嗎？」

「不是。」

沒辦法，阿寶道出實情「我跟你相反，是變得笑不出來」，酒井聽了，笑得前俯後仰。

「明明是空姐？」他咻咻地吸氣，開心地說：「妳看妳看，我剛剛真的笑了。」

他接著又說：「自從得了這個病，這應該是我頭一次發自內心大笑。」

回想起來，阿寶也已經好多年沒有真心歡笑了。早在她變得無法笑之前，可能從大學時代開始，就不曾感到純粹的快樂了。

「因為，妳總是穿著空姐的制服陪笑嘛。」

「這是我的工作啊。」

「難怪會生病。」

「是這樣嗎？」

「嗯，我也和妳差不多。」

長大成人的酒井感覺還不錯，想不到國二時總是一副跩樣、傲視所有人的他，變成一個可以笑著說「就是生病啦」的好青年了。

「我們的工作要是互換就好了。」

阿寶一臉嚴肅地說，酒井再次噫嘻嘻地發笑。

「笑死，真的笑死我了。」

他看起來很開心。

「小田，我可以把妳的事情跟阿深說嗎？」

阿深是寺院的繼承人，從前有張超級光滑的水煮蛋臉。記得他國中時有玩樂團，現在應該剃了光頭、繼承家業了吧。

「那傢伙騎重機發生車禍，變得不能跪坐，所以不當住持了。」

「那他現在在幹麼？」

「我也不知道，我們一段時間沒聯絡了。」

在情況嚴肅的病人面前笑出來的婦產科醫師，忘了怎麼笑的空服員，以及無法跪坐的寺院和尚。在自己出狀況前，阿寶以為每天所看到的世界是單調且無趣的，也許世界總是波瀾萬丈，只是她一直沒發現。

「原來不只我們遇到這種事。」

「對啊，每個人都有各自的難題嘛。」

街頭與平時毫無二致，所有路人一直線地走著。總覺得人群裡只有自己和酒井如同水母般，噗嚕嚕地在水中漂浮著。

「我們要不要三人一起去能量景點吸收天地正氣？」

酒井一樣在笑，看不出是認真的還是開玩笑。
道別之後，阿寶才想起忘了交換聯絡方式。他果然是在開玩笑吧？

○

阿寶每天按時服用身心科開給她的藥物，但這種病無法說治就治好，她只能先留職停薪。日子就在晒太陽、去義大利散心、吃愛吃的東西之間度過，身體雖然胖了一圈，笑容卻沒有半點回復的跡象。
留職停薪也有期限，最後她只能離職。與其說她發福了，不如說她看起來更壯了，久久回到公司辦理離職手續，同事和上司都笑盈盈地出聲問候。然而，表情中摻雜了驚愕、爆笑與憐憫，而且就那麼短短一瞬間。他們很快便對阿寶失去興趣，轉頭回到自己的崗位。阿寶就算見到人也只能「嗯」、「啊」地回應，踏出公司便明白自己再也不可能回來了。

儘管如此，她依然努力獨自生活了一陣子，直到存款見底才搬回老家。回過神來就二十九歲了。

回到老家以後，她的生活更加自甘墮落。阿寶認為左鄰右舍都在傳自己的八卦，只好盡量避免在白天外出，趁深夜出去透氣。故鄉已經沒有自己能融入的風景。從前的自己曾是鎮上的一部分，如今卻彷彿毫無關聯，像是在電腦繪圖拼貼出來的背景中徘徊。

午夜兩點，她晃過平時的夜路，遇見了阿一的爸爸。與其說是遇見，伯父就只是專心抬頭注視夜空。

阿寶跟伯父一起仰望夜空，看見幾顆星星拖著尾巴一閃而逝，不禁大叫「不會吧？」，伯父這才注意到她。

「哦？隔壁的？」

他出聲問，似乎想不起阿寶的名字。

「妳也來看英仙座流星雨嗎？」

伯父說著，眼睛同時不捨地凝視夜空。

阿寶也不想錯過這彷彿跳樓大拍賣的流星雨，目不轉睛地望著夜空回答「是啊」。當然，在遇見伯父以前，她根本不知道今天有流星雨。

直到再也看不到流星，兩人依舊不死心地仰望夜空交談「那個是嗎？」、「應該不是」，依依不捨地留在原地。

阿一的父親告訴她，日本接下來可在十二月觀賞雙子座流星雨。十二月啊——她無法想像在這麼近的將來仍無法笑的自己會是什麼樣子。不過，應該還是厚臉皮地活著吧。

一股內疚感湧上來。對不起，像阿一那麼好的孩子竟然死了，而我這種人卻活了下來，對不起，真的、真的很對不起。回過神來，阿寶哭了。

伯父馬上發現了，從放隨身物品的斜背包裡摸出一包破爛的面紙，遞了過來，在此之前，阿寶甚至沒發現他在深夜還細心地帶了包包出門。面紙上的廣告是一家多年前就合併改名的銀行，這包面紙究竟在家中放了多久啊？阿寶用面紙擤鼻涕，聞到一股淡淡的阿一家味道。

忽然間，她想起阿一家後院的潮溼空氣。小時候，他們常常在那裡收集青苔。還記得阿一拿出家裡的奶油刀，手非常靈巧地刮下青苔，兩人悄悄稱這個除青苔的遊戲叫「手術」。

「妳試試看。」

還記得阿一用認真的表情，把沉甸甸的奶油刀遞給她。

她做不好，看著阿一求救——

「沒事的。」

阿一點點頭，像在鼓勵新人實習醫師般，說道：「有我在旁邊看著，沒事的。」

語畢，他還真的相當有耐心地盯著阿寶的手。

「你要看好喔。」

「沒事的，我會一直看著妳。」

阿寶相信阿一說的，把奶油刀插進潮溼的地面，用力挖起一塊塊青苔。

當時的我自信滿滿，因為有阿一在旁邊看著——她想。

「阿一是騙子，不是說好會一直看著我的嗎？」

阿寶擠出這句話，伯父靜靜聽著。

你丟下我，自己先走了，要我接下來該怎麼辦？我應該找誰安慰我「沒事」呢？騙子、騙子、大騙子！淚水不聽使喚地嘩啦啦流下來。

時間似乎過了很久，她驀地抬起頭，發現伯父依然望著夜空，察覺阿寶回神後，對她說話：「不是有句話說，人死後會變成星星嗎？我不相信這種事。」

伯父稍微騰開位置，跟阿寶一樣縮起身子蹲下來。

「畢竟，我是學自然科學的人嘛。我從小看著天文攝影的照片長大，小時候就瞧不起人死後會變成星星這種說法。」

阿寶集中精神聽他說話，心情也漸漸平復。

「可是啊，如果人會變成星星，該有多好啊。死去的人會變成星星，在天上看著我們，光是這樣就令人感到救贖。」

仰望夜空的伯父，表情跟早上去上班時一樣，看不出暗懷憂傷。儘管看不出來，但那股徬徨確實存在。悲傷的氣息襯著夜晚的涼意傳了過來。

阿寶想安慰他「沒事的」，但卻說不出口。阿一為何能用篤定的雙眼，告訴她「沒事」呢？在毫無根據的情況下，她根本說不出這句話，連要伸手輕拍伯父的背都很困難。阿寶覺得自己好像真的成了廢物。

突然，伯父唱起〈昂首向前走〉[10]，他的歌聲很低沉，卻能穿透夜空。

唱到一半，他說：「我的歌聲挺動人的吧？」

阿寶聽了噗哧一笑，但她知道，自己的表情就像一張苦瓜臉。

回程途中，伯父唱的歌不知不覺變成了〈抬頭看夜空中的星星〉[11]。

---

10 注：〈上を向いて歩こう〉，歌手坂本九在一九六一年所演唱的日本名曲。
11 注：〈見上げてごらん夜の星を〉坂本九在一九六三年翻唱的歌曲，也是他的成名曲。

阿寶決定豁出去，問了思考許久的問題：「我在想，阿一或許真的變成星星了？」

伯父停止唱歌。

「妳的根據是？」

他一本正經地發問。

「沒有根據。可是，我們要不要一起這樣相信呢？」

經過了漫長的沉默——

「我努力嘗試了幾次，沒辦法。」

伯父說完，重新邁步。

「一樹就像變魔術般，啪地消失在這個世界上了，不留下一點痕跡。」

看著伯父搖晃的背影，阿寶內心突然有股衝動想大叫——不是的、不是的，我本來也這麼以為，可是真的不是！她想讓伯父相信，阿一現在就在夜空中看著他們。如果能讓伯父相信，她覺得自己也能得到救贖。這整件事都毫無根據，要讓伯父相信這種莫名其妙的話，一定很難吧。阿寶邊走邊動腦，該怎麼做，伯父才肯相信我呢？

「請問，可以給我阿一的遺物嗎？」

她氣喘吁吁地追上伯父。

「譬如哪一類呢？」

兩人自高中畢業後就鮮少見面，阿寶並不清楚阿一擁有哪些物品。

「雪人，給我那個雪人布偶。我畢業旅行買來送他的禮物。您看過類似的物品嗎？一個雪人在滑雪的小布偶。」

伯父「嗯——」地思考了半天，見到阿寶的神情如此拚命，便答應她會找一找。

○

幾天後，伯父還真的找出了那個布偶。雪人布偶被裝進褐色信封袋，投入阿寶家的信箱，實物比想像中小，紅色的滑雪板背面寫著——

HAVE A NICE DAY

信封裡還附了阿一的太太寫的信——

給鄰居：

我和一樹的爸爸翻遍了家中都找不到，正要放棄時突然想到，東西好像掛在車子的後照鏡上。明明看了這麼多年，為什麼沒發現呢？我們一陣大笑。因為車子已經讓給一樹的堂弟，我去問了一下，真的有個雪人布偶懸吊在後照鏡上，堂弟說他捨不得丟掉。

也許一樹留下的東西意外地多，只是我們未曾察覺。我也是經過這次找雪人才領悟，所以，想和妳說聲謝謝。　徹子

原來阿一的太太叫做徹子，阿寶也是頭一次知道這件事。好，順利取得阿一的布偶了，接下來只需把它發射到空中。

阿寶許久——真的不是普通久地聯繫了學妹黑河內，和她約了見面。赴約、外出用餐、穿絲襪和化妝都彷彿是上個世紀的事，阿寶好幾次都心生挫折。可是唯有這件事，不管別人怎麼想，都只能拜託黑河內了。

阿寶的服裝已經完全跟街上的人脫節，看起來相當過時。原來上班時期感受不明顯的服裝潮流，正以驚人的速度不停更新設計和顏色款式，並且持續改版升級。

黑河內在約定地點現身，跟從前一樣，用傻呼呼的聲音喊著「學姐——」，雙手在耳朵旁邊揮了揮，踏著內八步蹦蹦跳地跑過來，表情

像極了吉娃娃，既黏人又呆。

「學姐——妳的皮膚變得好光滑，離職果然是正確的決定。妳知道嗎？長澤的痘痘冒得更凶了，那個地方真不是人待的～妳的決定無敵正確！」

黑河內聊著阿寶辭職以後發生的事情，並且反覆強調「妳是正確的」。

「老實說，我有一件事，想麻煩小黑妳幫忙。」

阿寶把雪人布偶放在桌上。在這個一切都亮晶晶的地方，布偶看起來髒兮兮的，簡直像被狗狗叼去埋起來、最後又挖出來一般。黑河內認真地注視雪人。

「我希望妳在飛行時，幫我把它帶在身上。」

「這是什麼？」

「是一種……魔法？」

黑河內看著骯髒的雪人，又聽到「魔法」這個特別的單字，似乎感應到什麼，就這樣接受了。

「算是……可以讓我恢復笑容的魔法吧。」

黑河內一聽，旋即挺直背脊，換上認真的表情。

「我願意，交給我吧。」

她探出身體——

「總之，只要我帶著它上飛機，學姐就能笑了對不對？我明白了。只要我一天還是空姐，就會帶著它飛；等我辭職後，會把它託付給可靠的學妹，然後再請她幫忙傳承下去。我會負起責任，讓它可以一直在空中飛。所以、所以，請學姐——」

黑河內的聲音聽起來快哭了。

「請學姐一定要得到幸福～」

她的語氣果然還是一樣呆，好像把人當傻瓜。但是，這句話並不空虛，阿寶完全能感受到她的心意。

道別之後，阿寶走了一陣子回頭看，黑河內還站在原地，即使變成豆粒大小，依然在吶喊。她果然很傻，阿寶自己也快哭了，朝她一次又一次地揮手。

◌

就連假日，阿一的爸爸也一樣穿著西裝。

「妳今天要給我看什麼呢？」

商店街的尾端有一座橋，阿寶深信能看見大片天空，於是和伯父約在這裡見面。

「馬上就要出現了。」

阿寶輪流看著手錶和天空，天邊出現小小的光點，急忙說：「就是那個！」她伸手指向天空。

「阿一就坐在上面！」

聽到阿寶激動的聲音，伯父瞇眼注視天空。

「嚴格來說不是阿一，是阿一的雪人坐在飛機上，在天空看著我們。」

阿寶快速說明自己拜託黑河內的事。伯父什麼也沒說，靜靜望著飛機，接著突然朝天空奮力揮手。

「喂——！一樹！」

她是第一次聽到伯父出聲大喊，渾厚的聲音很有男子氣概。

「我在這裡喔——！」

彷彿要吐出全身的力量——就是這樣的叫聲。等飛機離去後，他對阿寶說：「真害羞啊，我竟然大叫了。」說時臉上還帶著笑容。

阿寶雖然想笑，卻只能露出苦惱的表情。不過，真是太好了。儘管無法言述，但她很開心做了這件事。

「對了，一樹以前常常提到妳喔。每次看到飛機，他都會說『也許阿寶坐在上面』……啊！」

伯父盯著阿寶的臉。

「阿寶，妳的名字叫『寶』！」

想起她的名字，似乎令伯父相當興奮。

「阿一有跟您提過我嗎？」

「有、有，連在病房也常常提到妳喔。他會看著飛機雲說『那是阿寶劃開的痕跡。阿寶搭的飛機是拉鍊的拉頭，會一邊劃開天空、一邊前進。那道飛機雲是阿寶帶頭飛越天空的痕跡』。」

──阿一，我不像你說的，活得這麼精采。

「他還說，每次阿寶想到什麼就會馬上去做，是個超級行動派。果真如此啊，那個雪人，一下子就飛上天空了。」

他說得沒錯。自從聽見伯父說阿一像變魔術一樣消失不見了，她就彷彿被什麼附身，腦中拚命想著如何讓雪人飛上空中，身體也動了起來。她沒有思考接下來的步驟，只想用盡全力告訴伯父，阿一沒有消失。

伯父招待她去一間開了很久的咖啡館喝咖啡。小時候，孩子們繪聲繪影地說那裡是魔法師住的地方，如今，上了年紀的店主鼻梁依舊異常高挺，果真像極了魔法師。

「阿寶，真是個好名字。」

「是好名字嗎？」

「當然啦。」

語畢，他默默眺望窗外，似乎在看天空，接著開口：「我會繼續活著，直到有一天再也動不了為止。」

陽光灑入窗內，照亮了伯父的側臉，這是一幅美麗的構圖，宛如維梅爾[12]的畫，靜靜地存在於此，無可撼動，也像最後那天在病房裡看見的阿一。當時，阿一確實就在那裡，雖然生病了，但確實活在那裡，自己當時卻滿腦子想著如何悄悄逃跑。她其實很害怕，不忍注視阿一。而他接納了這一切，確確實實地存在過。自己當時只能用笑容掩飾，什麼也沒為他承擔。

「我也……」

伯父聽見阿寶的聲音，緩緩回頭。

「我也可以厚臉皮地活到有一天再也動不了為止嗎？」

伯父的臉慢慢地轉為笑容，彷彿在為阿寶示範——就是這樣笑。

「我會看著妳的。」

他的手指向天空。

12注：Johannes Vermeer，十七世紀荷蘭畫家，代表作為《戴珍珠耳環的少女》。

「以後我會從那裡，永遠地看著妳的。」

伯父笑了，笑容跟阿一非常神似。

現在，阿寶覺得自己無所不能。

○

阿寶重新開始找工作了。正當她紮起頭髮、仔細地化好妝、繃起神經走出家門，竟然又遇上了酒井。

酒井用比上次更收斂的笑容走過來。

「太好了，真巧啊，我正好有事找妳。」

「能量景點嗎？」

「對對，妳怎麼知道？阿深是認真的喔，他說錢由他出，我負責做菜。

啊，我打算去考廚師執照。」

嗯喔？還要帶便當去啊？想不到三人要去能量景點的計畫仍在進行，阿寶有點想笑。

「然後，我們聊到接待客人的事要怎麼辦，就想到了小田妳。」

「接待客人？為什麼要接待客人？」

「店裡的事啊。」

「什麼店？」

「咦？我沒跟妳說過嗎？啊——抱歉！我完全沒說嘛！是這樣的，阿深問我要不要一起開熟食店。喏，橋對面不是蓋了一間大醫院嗎？午餐時間應該滿賺的吧？所以討論的結果是我負責備料，阿深負責經營，如果小田妳願意來幫忙，應該可以吸引到一些年輕女孩吧？啊，抱歉，妳是不是正要出門？」

「嗯，是這樣沒錯……」

「那麼，等妳晚點有空，我們好好聊聊能量景點的事。」

「能量景點？」

「是啊，和尚的想法就是跟常人不一樣，說什麼店名要叫『能量景點』。」

三個需要去能量景點療癒身心的人，怎麼最後變成要自己創造能量景點呢？這實在太好笑了。

忽然間，腦中浮現一家不曾見過、名字叫「能量景點」的小小熟食店，門前有塊藍色小招牌，上面用白色的筆畫著飯糰，推開寫上店名的玻璃門，裡面有張固定在單側的吧檯，前方放著五張圓椅。穿越狹長的內用區，深處的玻璃櫃裡排列著五顏六色的熟食小菜。後方有間好用的廚房，大大的鍋子裡飄出筑前煮[13]和紅豆等燉煮菜的美味香氣，裡面可見酒井圍上頭巾，站在鍋前炸著肉餅。

「小田，妳何時有空？」

「我現在就可以討論。」

「咦？可是，妳不是正要出門嗎？」

「我好了。」

阿寶拉著酒井向前進，腦袋快速轉動，心想哪裡有適合談話的咖啡廳。對了，上次跟阿一的爸爸去的魔法咖啡館就在附近。

「等一下，妳走路太快了啦。」

我現在是拉鍊的拉頭——阿寶心想。這條緊閉的道路，正等著我來當開路先鋒。想到這就覺得好開心，回過神來，已經發自內心地笑出來了。

---

13 注：起源於日本九州，將炒過的雞肉、蓮藕、香菇、蒟蒻和芋頭等料熬煮入味的家常小菜。

總之就先培養興趣吧，公公心想。他已經快到該退休的年齡，需要一項用來打發時間的休閒活動。沒錯，必須在那之前找到興趣才行啊——公公喃喃自語，正在研究購物目錄的徹子頭也不抬地說：「興趣不是已經有了嗎？」

「是什麼？」

「你不是有在觀星之類的？」

「不，那算是工作的延長吧。」

公公喀嚓喀嚓地轉動電視頻道，如此回答。這個家的電視遙控器上沒有按鈕，上面裝了古早年代的頻道號碼和旋鈕。公公說，電視就是要喀嚓喀嚓地轉臺才有感覺，特地拜託高中好友做給他的。那個好友跟一樹得了相同的病，在五年前過世了。回想起來，真是個多才多藝的傢伙。如果是他的話，就算活得長命百歲也不怕沒事做吧。

「觀星和報氣象之間有什麼關聯？」公公的職業是氣象預報員。

「別忘了地球也是星體啊。」

「哦哦——」徹子只能表達佩服了。

「原來你的工作格局這麼大啊。」

電視上播出山女孩的影片。最近愛登山的女性增加了，聽說這些人被稱為山女孩。螢幕上的女子穿著既不像裙子、也不像褲子的登山服，對著鏡頭擺出姿勢微笑。

「登山嗎？登山啊……」

公公自言自語，似乎在想，還有這個活動啊。

「怎麼了？有興趣嗎？」

「心情上覺得可以試一試。」

「那就試呀。」

「不，可是……」公公伸手拿徹子為他炒的銀杏，一邊說——

「上了年紀登山，不是很危險嗎？」

「咦，不會吧？我不覺得特別危險。」

「可是，老年人要是遇到山難的話，很容易死掉吧？」

「啊——你是擔心這件事，那還真的很危險。」

「難道有假的危險嗎？」
「我的意思是，有達到危險的標準。」
「哦，是那個意思啊。」
公公剝起銀杏殼，但似乎還在恍神，邊剝邊問——
「嗯？所以是哪個意思？」他健忘地咕噥著。
「我有個朋友是山女孩，要不要請她帶你去爬一次看看？」
「找山女孩太突然了吧？」
「怎麼會突然？」
「不，就是，如果要跟女孩子去爬山，不是應該等自己熟練以後再來做嗎？」
「做什麼？」
徹子的聲音低了八度。

「不，就是……」

公公思考片刻後，小聲地說「在女孩子面前耍帥啦」。

「嗯哼，原來你打的是這個主意。」

徹子起身收拾碗盤，走去廚房流理臺洗碗，一面洗，客廳一面傳來「山女孩啊」的低語。

當徹子開始鋪棉被時，公公一臉神祕兮兮地在她旁邊坐下來，說道：

「可以麻煩妳嗎？就找那個山女孩吧。」

「可以是可以，但她不是你想的那種女孩子喔。」

「幾歲？」

「你在意的是年紀？」

「也不是啦……」

「嗯——大概三十二歲？」

「齁齁——」

公公的皮膚微帶粉紅，宛如剛泡完熱水澡，就連那聲「齁齁——」都透著粉紅光波。看來這個山女孩進了公公的好球帶。

「我不去爬山喔。」

「咦？為什麼？」

「我不想做這麼累人的事。」

「所以，就我和她——我們單獨去爬嗎？」

「『我們』？」

啊，都還沒見到面，用「我們」很奇怪吧……公公稍微慌了一下，接著有氣無力地望著遠方，開口：「我真的可以嗎？」

「我怎麼知道！」

徹子把枕頭丟向坐著發呆的公公，但他視而不見，抱著砸來的枕頭低語——

「進展太快了啊。」

○

公公收到了山女孩傳來的訊息。

「算不上登山，嚴格來說只是健行。」

她又補上一句：「您若是覺得可以接受，下次一起去。」

山女孩的訊息沒用任何表情符號，給人嚴肅、一板一眼的印象。

應該準備哪些用品呢？公公回訊問，對方親切回覆：不如我們一起去買。想不到事情進展如此迅速，公公既害怕又興奮——這是之前不曾有過的時間感。

赴約前，他先去自動提款機領了錢。因為不知道要花多少錢才能湊齊配備，所以卯起來領了十萬日圓。他一邊數著機器吐出的鈔票，一邊反省「用品」這個說法好像太老了。裝備——應該用裝備才對。可是「登山用品」沒人用嗎？到底該用哪一個說法？用了會很丟臉嗎？糾結了半天，他決定今天乾脆都不要提到類似的單字。沒錯，就這麼辦！驀地，他瞥見自己映照在玻璃上的影子，心頭一驚。這個彎腰駝背、畏首畏尾地把錢收進錢包裡的男人，怎麼看都是個窮酸的糟老頭啊。

山女孩站在約好的百貨公司轉角，位置不偏不倚，就在轉角的正前方，令人擔心她會不會撞到建築物的尖角。

「我叫小川里子。」

聲音和傳訊的印象一致，低沉且一板一眼。

「您是『公公先生』對吧？」

「啊、對，但叫公公似乎……」

「唉，對啊。因為徹子一直這樣叫，我也覺得像是外號，不小心就跟著叫了，抱歉。」

「不用抱歉，就叫公公吧。」

「不加『先生』好像有點失禮……」

「但妳都叫徹子『小徹』，不是嗎？」

「啊，是的。我剛剛有提到小徹嗎？沒錯，我是用外號稱呼她。」

「那麼，我該如何稱呼小川小姐呢？」

「請隨意。」

「那就叫您『師傅』吧。」

「這是正式的稱呼呢。」山女孩望著天空說。

「哦，不好嗎？」

「不會，用正式的稱呼即可。」

她一邊說，一邊像在表達「已收到」般，恭恭敬敬地行了一禮——

「請叫我『師傅』吧。」

這是一個相當正式、慢慢彎下腰的九十度鞠躬。

兩人先在戶外用品店買了防水外套和背包，接著又在走路五分鐘的其他店買了鞋子。離開的時候，師傅說，剛剛那家店雖然也有，但現在要去的用品行，品項更多更齊全。剛剛的是「店」，現在要去的是「用品行」？公公在內心琢磨用語。師傅小心翼翼地一再回頭確認公公有跟上，同時快速說明：現在要去的用品行，店員具備專業知識，商品的陳列方式很內行，售後服務也很好。

師傅的個頭比公公嬌小，走路速度卻很快。她走到一半留意到這件事，配合公公的腳步行走，並且語帶熱意地闡揚山林的美好。

「真有這麼好嗎？」公公忍不住問，她相當篤定地回答：「就是這麼好。」他不禁擔心，萬一實際上山以後，覺得其實還好怎麼辦？因為，他實在不想對眼前的這個人說謊。師傅的側臉並不是美女，但從正面望過去，臉上帶有一種宛若大日如來佛般，左右對稱、不見絲毫動搖的堅定神情。要是上山之後覺得無聊，我就實話實說吧！公公暗下決心，在結帳時直接掏出信用卡，抬頭挺胸地說「全結了」。之所以刷卡不付現，是因為從自動提款機領出來的萬圓紙鈔每一張都又髒又皺，他希望自己在師傅面前是光鮮亮麗的樣子。這件事要是給徹子知道了，大概會「哼」地用鼻子冷笑吧。他想，類似這樣的小祕密，已經多少年不曾擁有了啊。

○

終於到了跟師傅相約爬山的前一天，公公來到院子裡，拚命對天祈禱，大概是在祈求明天是好天氣吧。這人連自己是氣象預報員都忘記了啊——徹子暗想。

他似乎從好幾天前就把需要的物品仔細地放進剛買的小背包裡，小背包被塞得圓鼓鼓的，規規矩矩地坐鎮在房間角落。徹子很想偷看裡面裝了什麼，但這是一大禁忌，她忍住了。兩人一起住久了，自然會形成一套規矩，就算看見了也要裝作沒看見——這是很重要的相處之道。就是因為這樣，徹子非常不擅長應付發現一點小事就會跑來追問「噯，看見了嗎？看見了嗎？」，不把看見的事情通通說出來就不善罷甘休的女生朋友。山女孩小川不是這種女孩。她像極了公公準備好的那個背包，既小又鼓，看起來節制、不起眼，總是靜靜待在公司角落。所以，當徹子在酒聚上聽說小川的興趣是假日爬山時，覺得這個女孩有著超酷的內在。

公公祈禱完畢後，渾身的力量集中在喉嚨，「咳！」一聲把痰吐在地上，似乎因為成功將痰吐乾淨而感到滿足，直到察覺徹子斜睨的視線才一陣驚慌。徹子迅速遞出衛生紙，公公接過它，清掉了自己吐在地上的痰。確認他把衛生紙包好、確實扔進垃圾桶後，徹子才回去做事。公公很想抱怨，這是我家院子，「妳是把我的痰當成狗大便嗎？」，但說不出口。與人同住必須明白一件事：有些話適合說出口，有些話真的不該說。「算啦。」看在她還願意介紹山女孩給自己認識的份上，這次就不跟她計較。公公緩緩從座墊上起身，為已經檢查過不知多少次的背包做最後檢查。

○

在登山口附近的車站下車後，隨處可見打扮相同、三五成群的老年人。每個人看起來都熟門熟路，不是在交流資訊，就是在閒話家常。新手該不會只有我吧？正當公公繃起神經時，便聽到師傅說著「久等了」，從剪票口現身。她的打扮跟電視上介紹的山女孩相比略顯樸素，穿著一看就知道是褲子的登山裝，但從外套領口可以微微瞥見穿在裡面的粉紅色背心，看起來年輕有活力，公公都想跟旁邊的老年人集團炫耀了。他按捺不住興奮之情，連山都還沒踏進去，就不小心說出「空氣真清新」，本來擔心得意忘形，但是見到師傅用純真的表情附和「我就說吧？」，他鬆了一口氣。

實際上山走路，身心超乎想像地舒暢。就連爬山時，師傅也不忘細心地配合公公的腳步走。

「再走一下下，會到一個視野良好的地點，我們在那裡休息。」

公公很想強調自己還能繼續走，最後決定老實聽從建議。

「今年的楓葉比較晚紅，不然按照本來的時間，那邊應該也像一片大火在熊熊燃燒。」

「哦？熊熊燃燒嗎？」

「是的，熊熊燃燒。」

師傅無論遇到任何詞彙都不會迷惘，能果斷地給予答覆。

抵達休息地後，師傅從背包拿出小袋子，把某種像是種子的東西遞給他，說「吃了可以消除疲勞」。聽說這是豆蔻果實，平時也用來當作咖哩的香料，味道酸酸的，嚼了之後可以提神。接著，她再從熱水壺裡倒出同樣加了提神香料的香甜奶茶，說這是「馬薩拉茶」。公公聽過這個名字，但還是頭一次喝到。

「甜甜的，很好喝。」

儘管覺得燙，公公仍一口氣喝光。空下的杯子還是溫熱的。糟了，是不是喝太快啦？公公擔心兩人會陷入尷尬的沉默，在腦中尋找話題。

「妳開始登山的契機是什麼呢？」

他決定丟出最安全的話題。

師傅微微一笑——

「因為我的未婚夫死在山裡。」

她用穿透澄澈空氣的聲音回答。

公公察覺自己搞錯興奮的場合了，話雖如此，現在突然態度一轉，會不會不自然？想來想去，他還是拿出見過大風大浪的成熟態度——

「是這樣啊。」努力回了這一句。

「啊，聽的人很難回應吧，我不該提的。」

「不會，我明白。呃，不，應該說，我的兒子也去世了，就是徹子的丈夫……」

結結巴巴地搬出藉口，這次換成師傅面露訝異、不發一語。

「這樣啊……原來遇到山難了啊。」

公公再次感嘆，師傅開始收東西，像在表示話題已經結束了。

「我們走吧？」

她用明亮的語氣說。

然而，氣氛還是不太一樣，師傅不發一語地走著，有時會像是突然回神般回頭問「還可以嗎？」，確認沒有任何異狀。公公感到後悔不已，自己真失敗，不經大腦問那什麼問題，勾起了師傅的傷心回憶。

不過，一切正如師傅所說，在山中仰賴自己的呼吸聲步步前進，腦中的紛雜思緒也會逐漸消散，覺得什麼都能放下了。

「你看，那邊就是山頂。」

眼看終點近在眼前，就連登山老手也藏不住欣喜，恢復成在車站集合時那個純真的師傅了。

山頂是一小片平坦的廣場，這讓本來以為山頂是尖的公公有些失望，不過，視野果真棒極了。師傅說「來乾杯吧」，雀躍地從背包裡拿出兩罐啤酒，一罐遞給公公。

「可能已經不冰了。」

因為啤酒跟保冷劑包在一起，所以摸起來還算冰涼。

「您過來坐這邊，這裡最舒服喔。」

師傅一面撕開裝花生的袋子，一面把頭等席讓給他。

「妳的背包好像哆啦A夢的口袋啊。」

「讓您見笑了，不這麼做的話，就沒有登頂的感覺。」

兩人小小地乾杯，喝了一口啤酒，異口同聲地發出「呼哈」的暢快嘆息。啤酒實在太好喝了。馬薩拉茶雖然也很棒，但果然還是喝啤酒最能放鬆心情。登山好像真的不錯呢——正當公公準備有感而發時，師傅說了聲「對不起」，一臉煩惱地低下頭。

「其實，未婚夫死掉的故事是我亂編的。」

公公啣著花生，用連自己都覺得傻愣至極的表情，聲音分岔地大叫：

「什麼？」

「我在結婚前夕被未婚夫拋棄了，他跟其他女人有了孩子，最後跟對方結婚了。」

師傅看似熟練地用腳跟踩扁喝光的啤酒鋁罐。公公不知該說什麼，只能繼續用突兀的聲音感嘆：「這樣啊——」

「小徹的先生過世了嗎？」

少了啤酒罐，師傅手足無措地揮動雙手，輕聲說：「她一定很辛苦。」

「原來徹子沒跟妳說啊。」

「因為，我從來沒有追問過。」

師傅雙手握拳，如同跪坐道歉的哆啦A夢，將拳頭整齊地放在膝頭。

「我真差勁，幹麼撒這種謊。」

「別這麼說啦。」

「不，我竟然說他死了。」

公公不知如何回應，只好繼續喝啤酒。為了防止啤酒太快喝完，他小口小口地啜飲，即使如此還是喝完了。

師傅說「給我」，接過公公喝光的罐子，咔喳！地用力踩扁，問道：

「要再來一罐嗎？」

「竟然還有嗎？」

公公訝異地探頭偷看師傅的背包，裡面還真有兩罐啤酒，正面朝上地擺在一起，用毛巾和保冷劑仔細包好，塞在塑膠袋裡。

「來幫包包減重吧。」

師傅從毛巾裡抽出啤酒，一罐交給公公。公公接過啤酒，輕聲說：「他從妳的面前消失了，對吧？那跟死了沒什麼兩樣。」

「是這樣嗎？」

公公細數著自己在死前都不會再見到面的人的名字，打開啤酒說「就是這樣」。

「那就當成死了吧。」師傅說。

公公吃驚地「咦？」了一聲。

「啊，不是，我是說，拋棄我的男人。」

「噢，他啊，就這麼辦！當作他從這座山摔下去了。」

「好像有點牽強？」

確實，這座山頂十分平坦，還貼心地架設了護欄，找不到可以不小心失足墜落的地點。

「那麼，這樣吧。」

公公如同推理劇的偵探，豎起食指、語氣一沉，煞有介事地開口：「天候有變。」

「啊——起了濃霧，迷路了？」

「沒錯，男人下不了山，只能在山上過夜了。不巧的是，那天寒流來襲，他沒有帶足裝備上山，連一件能禦寒的外套都沒有。」

「這下不妙了？」

「儘管他還年輕……嗯？他年輕嗎？」

「他現在應該三十六歲了。」

「即便是三十多歲的壯年男子，人類面對大自然的力量也只能伏首稱臣。他漸漸地失溫，就此身亡。」

「原來如此。」

「都怪他出門前沒有好好看氣象。」

「這是藐視我和氣象預報的報應嗎？」

「一點也沒錯——」

公公美味地喝著啤酒，師傅早已把第二罐啤酒喝完——

「原來如此，他已經死掉了啊。那就沒辦法啦。」

鏗！她痛快地一腳踩扁空罐子。

大概是啤酒喝多了，回程時，公公覺得肩頸莫名沉重，有點反胃不適。漸漸地連腳步也變得笨重，師傅認為是自己的責任，接連說了好幾次「對不起」。

「是我的錯，是我像個笨蛋一樣慫恿您喝啤酒。」

「不不，是我像個笨蛋一樣喝下啤酒。」

說歸說，公公的行動力越發遲鈍，心裡甚感焦慮。他的酒量不錯，人生還是頭一次遇到這種事。心悸完全壓不下來，他只能走走停停，情況遲遲不見好轉。

好不容易來到公公也認得路的地點，他要師傅先行下山，師傅說：「我怎麼可能丟下您，自己先離開呢！」

大日如來佛震怒了。

愧疚的心情形成更多壓力，公公的身體狀況越來越差。明知距離下山還有好一段路，他卻動彈不得，只能眼睜睜地看著時間流逝。再這樣拖下去，也許他們會在山中迎接天黑。

「今天的日落時間是四點四十四分。」

他苦澀地說。不愧是氣象預報員，有好好確認過細節才出門，但知道又如何？關鍵的身體依然動不了，只讓自己更顯悽慘。

「一定是我得意忘形編了那種故事，才會遭到報應。喏，我說妳的未婚夫如何死在山上。」

公公坐下來，半開玩笑地說，想藉此假裝自己還有餘力。師傅聽了之後，靜靜脫下背包，背朝公公蹲下來。

「請坐到我的背上，我背您下山。」

「什麼！不行、不行，這種事萬萬不行。」

「可以的。」

「可是，背包要怎麼辦？」

「先留在原地，下週再來拿。」

「不行，真的不行。」

「我們不該遭到報應。」

師傅蹲在地上，眼睛直直注視前方。

「因為，這樣太不合理了吧？無論怎麼想，該受到報應的都是對方才對，留在山中的是拋棄我的男人，我們一定要平安無事地回到家。」

師傅背對他說。她很頑固，心中有一股強烈的正義感。從背後望過去，她的脖子比想像中纖細雪白，皮膚下透著血管，血液在裡面奔流著。公公心想，那彎曲的嬌小身體，正湧現出凡事都要做到底的無窮力量。

「她是認真的」。

尋思至此，彷彿有什麼東西脫離了公公的身體。

之前明明還難受到站都站不穩，此刻整個人卻像變魔術般神清氣爽。公公重新背起剛剛放下的背包，很輕，根本沒什麼。

「我好像恢復了。」

師傅反覆提醒「千萬不能逞強」，但在確認公公穩穩地邁開腳步後，理解到他真的沒事了。

「那麼，我們慢慢下山。」

方才笨重的身體如同謊言一般消失了。公公想不通自己身上起了什麼變化，直到看見負責帶路的師傅的雪白頸項，才恍然屏息。

跟當時夕子的脖子一模一樣。

◌

那件事發生在兩人還住在兩房一廚小公寓的某個夏天，夕子穿著茶壺圖案的洋裝，有些壺口朝上、有些壺口朝下，形成幾何圖形。一樹當時在幹麼呢？對了，他才三歲，在隔壁房間睡覺。時間已經晚上七點，窗外卻還過分明亮。廚房流理臺上放著用報紙包起的廚餘，已經溼成一團，瓦斯爐旁放著裝了冷飯的大碗公，以及買回來便擱置的豆腐，砧板上則有切到一半、還保持著半顆形狀的茗荷。

他還記得那天一回到家，夕子忽然不知怎麼搞地，把切茗荷切到一半的菜刀塞到他的手裡。餐桌上擺著存摺簿。他瞞著夕子偷偷領了好幾次錢，餘額已經所剩無幾。夕子發現了這件事，而他只能茫然地握住菜刀，凝視著她那彷彿知曉一切的頸子。

○

「我想起了死去的妻子。」

「您的太太嗎？」

這麼說好像太突兀了，公公稍作反省。

「啊，不，看見妳的脖子，讓我想起了她。」

「脖子……是嗎？」

師傅害羞地按住自己的脖子。

「有一段時期，我沉迷於打小鋼珠。」

「您嗎？」

報氣象的公公與實際站在面前的公公，都跟沉迷賭博的形象相去甚遠，師傅露出意外的表情回頭。

「人就是這樣慢慢跌倒沉淪的啊，明知道這樣下去不行，卻像是上癮了似地，怎樣都戒不掉。當時，妻子從廚房拿來菜刀、塞到我手裡，轉身對我說『你再不戒賭，就一刀刺向我的脖子』，很胡來吧？」

「這實在……」師傅低語，說不出話。

「我想她是認真的，跟師傅剛剛轉身時一樣。自從看見妻子的背影，彷彿有什麼從我身上脫落了。在那之後，我就戒掉賭博了。」

公公已經忘記當年是如何向夕子道歉，也不記得夕子說了什麼話語原諒自己，唯有那凍結的一刻清晰地留在腦海。也許實際上只有三十秒，他卻覺得無盡漫長。

「您的太太真不了起。」

「師傅也是啊，妳剛剛是認真要背我下山吧？」

「我擔心要是在山上過夜，說不定會死。」

「妻子也是這麼想吧，認為要是再這樣下去，孩子和自己都會死。」

師傅沉思片刻，小聲喊了出來：「啊，我懂了！」

喊完之後，她不時兀自點頭：「原來如此，我總算懂了。」

「妳懂了什麼呢？」

「我開始登山的原因。」

「哦？終於想到啦？」

「我想和人生死與共。」

公公從剛才便努力回想妻子的五官，卻怎麼也想不起來。然而那天脅迫「殺了我吧」的雪白頸項，他連領口的弧度都記得一清二楚。

「公司同事、前輩、學校同學、父母和弟弟，大家雖然都很重要，但是沒人和我生死與共。」

師傅看著公公問「對吧？」，繼續說：「我在日常生活裡，錯失了這段關係。」

語畢，她有些害羞地笑了笑——

「所以我才開始登山。」

她再次邁步，公公跟上她，說道：「原來如此，登山關係到生死啊。」

本來他只是單純對登山有點興趣。然而，方才身體出狀況時，他感受到了迄今不曾有過的不安與心慌。這跟工作犯了錯、做了丟臉的事等等，程度完全不同。自己要是死了也就算了，但若是把眼前的人——把師傅牽連進來，事情就一發不可收拾了。年輕的時候，妻子要他握住菜刀，讓他領悟到自己不是獨自一人。如今再也不會有夕子的菜刀。他只能用自己買來的菜刀、抵住自己的脖子，藉此自我警惕。何時該對自己亮刀？去自動提款機領錢的時候嗎？收到訊息的時候嗎？還是像小學生一樣、把背包塞得鼓鼓的、被徹子嘲笑的時候呢？倘若自己沒能平安下山，徹子會有多麼後悔啊。她一定會躲在棉被裡不停地哭、不停地哭，後悔不該提起山女孩的。無論如何，他都必須安全回到家。

這時，師傅說話了。

「我沒臉見小徹。」她似乎也是一邊走，一邊思考著種種事情。

「要是連您也走了，小徹就太可憐了。」

師傅一定也是一邊走，一邊想像被丈夫拋下的徹子吧。

「所以，我們要平安無事地回到家。」

她的話語也像在鼓勵自己。

返回第一個休息地後，總算能望見市區街景。熟悉的銀行、便利商店的招牌、早上集合的車站，還能見到小學生斜背著書包奔上山坡，不知是正要從補習班回家，抑或正要趕去上補習班。

「唉，明天又是上班日。」

大概是終於放心了，師傅開始為明天的無聊日常發出嘆息。

「生死與共又要開始了，不是嗎？」

師傅困惑地望著公公。

「那裡也有，不是嗎？」

公公指向車水馬龍的市鎮。

平交道正降下柵欄，小小的汽車漸漸聚集，一輛特快列車劃出直線，疾駛而過。

「哪怕只是乘坐同一班電車，也有可能發生事故，這不正是和萍水相逢的人生死與共嗎？」

城市和山中又有多少區別？在那燠熱的廉價公寓裡、陳列的蔬果突出道路的攤販裡、摩天大樓的窗戶裡，抑或在刺眼的日光燈下終日埋頭計算的辦公室裡，一定也有人經歷著一個個生死關頭。人體內亦藏著難以置信的粗管線，此刻正發出轟轟聲，有大量血液奔流而過。人們竟然連這些理所當然的事都忘了，總是天真的以為不會有問題。

柵欄升起，停滯的車陣再次緩緩流動。縱橫阡陌的道路上，總是有東西在移動著。

「您的意思是說，我早就和人生死與共了？」

「是啊，跟喜歡的人相比，我們有時更常跟陌生人待在一起，像是在公司，或是通勤路上。」

「所以，我現在依然和那傢伙生死與共嗎？」

「妳說，拋棄妳的男人？」

「是啊，我還跟那種人一起活著嗎？」

師傅忿忿不平地說。

「不，看不見的東西，當它不存在就好啦？那種人跟死了沒有兩樣。」

公公的說法，似乎讓師傅想通了某些事——

「但是，就算被丟在看不見的地方，終究不會消失在地球上。」

她繼續說：「就算死了，也依然存在啊。」

公公思忖，是這樣嗎？急逝的妻子、兒子，還有幫我做遙控器的朋友，現在依然和我生死與共嗎？

「就算看不見，但依然存在。」

師傅用打算背公公下山時的神情說，看起來充滿了力量。接著——

「即使再也不會見面了，但我會繼續跟拋棄我的男人生死與共。」她果斷地說。

「那麼，我也效法妳吧。」公公說。

試著和比自己早死的人們，生死與共。

師傅遺憾表示道：「這時候少了啤酒真掃興呢。」

於是，她用還剩下一點點、已經變涼的馬薩拉茶，和公公齊聲乾杯。

「祝大家生死與共！」

「噗哈！」喝完之後，師傅的表情看起來相當滿足，即使喝的是茶，仍無所動搖——他想。

◌

公公從山上回來後，徹子把他的背包倒過來整理時，從背包裡滾出小小的果實。

「這是豆蔻。」

公公洋洋得意地說。

「你有好好地登頂嗎？」

「當然有！」

差點因為喝太多啤酒在山上遇難的事，就悄悄瞞著徹子吧。這是公公和師傅之間的約定。

「妳下次要不要一起去？」

「饒了我吧。」

公公一面咕噥「山上真的很棒喔」，一面走進浴室。毛巾沒了，徹子幫忙送去時，公公已經泡在熱水裡，舒服地喃喃開口：「徹子啊。」

「什麼事？」

「我們是在生死與共呢。」

公公的聲音在浴室裡形成迴音，聽起來像歌聲動人的歌手。

「你說的『我們』，是指誰呢？」

公公稍微停頓一下——

「誕生在同一顆星球上的我們呀。」他決定這樣說。

「這話題太宏大了，我聽不懂。」

徹子興致索然地從脫衣間走出去。

公公泡在浴缸裡心想，自己剛剛真是說了一句好話啊。這句話為何沒在面對師傅時冒出來呢？在我喝茫、身體動彈不得時，有沒有露出沒用的表情呢？我連在自動提款機領錢時，看起來都一臉沒志氣，在山上時也一路貫徹那副窩囊樣，還差點丟掉小命。回想起這些細節，他覺得丟臉得不得了，忍不住「啊嗚！」大叫。

徹子正要幫公公剝銀杏，在廚房抽屜裡摸索著銀杏去殼器，邊找邊想，「生死與共啊」。有了一樹的經驗，她大致可以想像人死前會經歷哪些事。儘管沒聊過這些，但她希望能讓公公在這個家裡迎接臨終。等公公不在了，自己看到這個銀杏去殼器，會感到寂寞嗎？想著想著，她忽然覺得這個樸素、形似扳手的器具，看起來宛如珍貴的遺物。

她用這個遺物，一顆接著一顆剝開銀杏，柔軟的果仁從堅硬的外殼下探出頭。

「也許你們會變成超大的銀杏樹，真抱歉。」

她一顆顆地剝開生命。

「不過，因為你們實在太好吃了，所以沒辦法啦。」就在她毫不手軟地剝著銀杏時，聽見公公在浴室發出羞恥的「啊嗚！」喊聲，聽起來就像銀杏在慘叫。

「我不會手下留情喔！」

徹子用力一夾，公公也在絕妙的時機發出「嗚——」的怪聲。

「嗯？該不會生死與共就是這種感覺？」

若是跟公公這麼說，大概會被堅決否定吧——

「不對不對，徹子，妳真的完全不懂啊！」

話說回來，徹子也難以描述這種莫名其妙的狀況，最後還是決定不說了。她再次剝開銀杏，這會兒又在巧妙的時機傳來短促的「嗚」一聲。

徹子獨自一人吃吃傻笑。

虎尾

由於徹子和公公都沒有駕照，一樹留下的車也準備做報廢處理。這輛車已經跑了相當的里程數，拿去二手車商交易也賣不到好價錢。所以，當一樹的堂弟虎尾表示想要這輛車時，徹子和公公皆搖頭警告，拿了車只會給自己找麻煩，並諄諄告戒定期檢驗和保險費會花多少錢，勸他死了這條心。然而，虎尾表示無論如何都要這輛車，既然他本人都如此表示了，兩人也沒有理由再行阻攔，電話掛斷後的一小時，虎尾真的來取車了。只見雖然持有駕照，但平時幾乎沒開車的虎尾，用極其認真的表情，小心翼翼地把這輛就算不小心撞凹也看不出端倪的破車從停車場駛出來——

「那麼，我把它帶回家囉。」

語畢，他宛如認養小狗般，把車開走了。

像車子這樣的龐然大物突然消失，難免有些寂寞。

「我可以說一句沒常識的話嗎？」

公公先打好預防針才接下去說：「感覺比一樹走時更寂寞啊。」

其實徹子也是這麼想。

兩人聊著何不趁機打掉停車場的水泥地，改種些花花草草，但話題就這樣不了了之，停車場毫無作用地空了下來。

○

自從聽聞一樹去世的消息，虎尾便相當關心那輛車怎麼樣了。那些世上恐怕只有自己知道的，關於一樹及愛車的英勇事蹟，將成為一堆廢鐵，就此生鏽腐朽、隨風而逝嗎？他覺得無法忍受。所謂關於一樹的英勇事蹟，說穿了就是他如何征服女孩的戰績，有時是在夜半海邊的浪漫約會，有時是發生在大中午停在半山腰的驚險劇碼，還有莫名其妙開去九州的有趣往事。虎尾作為一個聽眾，光是聽過的事蹟就多到數不完。那些全是徹子和公公所不知道的，關於一樹的戀愛史。事到如今，一樹也不希望被他們發現吧？因此，虎尾認為這輛車最適合交由自己來處理。當然，車子並不會說話，只是交給自己的話，一樹地下有知也會放心吧。怎知，實際把車開回家後，他根本捨不得拿去報廢，即使知道會花錢，他還是想把車留在身邊。儘管屢遭母親埋怨，車子現在依然囂張地停在老家的大門前，全家人只能鑽過旁邊的窄道進出家門。

一樹是大虎尾三歲的堂哥，國中起異性緣就出奇地好。他曾請教「有什麼祕訣？」，一樹笑著回他「誰知道」。回想起來，他受歡迎的原因，八成就是那人畜無害的笑容吧。就虎尾所知，一樹在跟徹子結婚前，至少交過七、八名女朋友。不過，他好像很厭惡劈腿之類的，每次都會嚴守紀律先分手、再找下一個，只是銜接的速度實在太快，在高中生虎尾的心裡，堂哥一樹簡直是無人能敵的夢想化身。

虎尾不擅長跟女孩子說話，每當他想起小學時被女生欺負的回憶，無論看見多麼惹人憐愛的長馬尾、俏麗飛舞的短裙，或是耳垂上閃亮搖曳的耳環，都不會輕易淪陷，他認為女孩卸下裝扮後，真面目並沒有變，就如同小學女生那般蠻橫。還記得差不多升上小學四年級時，班上女生的身材日漸魁梧，語氣也變得人小鬼大，常常成群結隊，手拿掃把棍，把弱小的男生追趕到教室角落，盛氣凌人地說些聽不懂的大道理，哇哇大吵大鬧直到男生願意道歉。班上瘦小的男生還曾團結起來，誓死對抗這群母老虎，然而，每當男生稍有反擊，女生又會哇哇大哭，接下來會出現身材更高大的娘子軍，把男生們團團包圍，滔滔不絕地訓話「為什麼把女孩子弄哭」。

因為曾有過可怕的經驗，上高中後，班上男生開始嚷著「好想受歡迎、好想做做看」，並用色瞇瞇的眼神盯著女生看時，虎尾起初完全無法理解。但對照朋友們分享的經歷後，自以為很了解女生真面目的虎尾也不禁動搖，心想，也許在她們的身體裡，藏有超乎想像的驚人祕密。

不知道班上哪個男生說：「聽說有車很容易追到女生喔！」

記得大家齊聲感嘆「車子啊——」。怎麼可以說得如此不費吹灰之力？而且光有車就差這麼多？太不公平了吧？他雖感到忿忿不平，但是不想被人看扁，只好假裝有經驗地附和「嗯，應該是喔」。

「是說，有車還可以省下開房間的錢，好好喔。」

還有人這麼說，虎尾笑著回應「太小氣了吧」，腦中卻縈繞著「在車裡做啊、在車裡做啊」的念頭，獨自興奮了半天。這對他來說太刺激了，世界上應該不容許這種事情發生吧？

所以，當一樹稀鬆平常地說：「在車子裡做？嗯，有啊。」

虎尾聽到的當下不禁垮下肩膀，心想，世上果然有這種人，而且就在自己面前！當一樹給他看那輛白色汽車時，虎尾不小心盯著窗內的座位猛瞧，心裡想像著，就是在這裡做啊——。因為怕被發現，他故意說「有車真好」，花了不必要的時間摸索車身，腦中卻只冒出A片的畫面，連他自己都感到可悲。因為，現實絕對跟A片演得不一樣吧？就算機會真的來臨，他依然覺得女生會拿掃把棍攻擊他最脆弱的部位，要他在女孩子面前全身赤裸地卸下防備？怎麼想都太難了吧。

當年有一場曾祖父的法事，親戚難得齊聚一堂，最後不知怎地演變成一樹要開車送虎尾全家回家。他當時超級驚慌，腦中浮現自己跟父母並肩坐在性愛車廂的畫面，感覺也太奇怪了吧！最後，虎尾吵著要自己搭電車回家，還真的拍拍屁股走人，令所有人大感傻眼。後來，一樹私下詢問原因，他才吞吞吐吐地承認自己腦中都是在車裡做愛的畫面，引來堂哥的大爆笑。

「抱歉，那是騙你的，就算很刺激，在沒有窗簾的地方實在做不下去。」一樹這麼說。

儘管如此，在虎尾心裡，一樹的白車就等同於性愛的象徵。好比覆蓋白色蛋殼的雞蛋，任誰都很熟悉雞蛋的模樣，然而蛋殼內部卻充滿神祕感。他想了解的不是打破後的雞蛋，而是殼還完整包覆時的內部狀態。蛋白與蛋黃究竟以什麼樣的型態纏繞在一起？能夠剛剛好地填滿蛋殼內部嗎？真是宇宙奧祕啊。

他曾經跟一樹聊過這個話題。當時他們坐在咖啡廳，不知什麼原因聊起了雞蛋。大概是一樹帶他去滑雪的回程中，兩人在一樹家附近的咖啡廳吃早午餐，餐裡有附水煮吧。他們一邊剝蛋殼，一邊開啟了話題。

「雞蛋啊，原來如此——」一樹咬著吐司說。

「我已經打破了雞蛋，看見了裡面啊。」

「裡面，感覺怎麼樣？」

簡單來說，虎尾想知道做愛的感覺。一樹說了一句宛如格言的話——雖然很棒，但也知道了女人的無趣。不過虎尾想聽的不是這個，而是更具體的情形。

「既然你這麼好奇，不如自己打破雞蛋看看啊？」一樹說。

「打破之後，會怎麼樣呢？」

虎尾問了最擔心的問題。因為他隱隱約約覺得，強烈的快感大概只有一開始那一次吧。

「打破之後？嗯——把殼黏回去，再重新打破啊，就是這樣一直重複。聽說有些昆蟲做完一次就會死，我相信是真的。」

如果真的做完一次就會死，想必是很衝擊的快感吧，簡直是生命的具現，真實到可以用手觸及。性愛不是義務，更非兒戲，而是可以留下自己活過的感覺的唯一方式——一樹如此說明。

「只因為我們是人類，所以之後還可以重複相同的行為。」

但虎尾根本不在意這些抽象意義——

「果然只有第一次最棒？」

他無視一樹闡揚的大道理，問了這個問題。

「不，每次都很棒，只是不會比第一次好，也不會比較差吧？每次都是一樣的感覺，一直持續下去？」

語畢，一樹茫然眺望窗外低語「不知道還要做幾次……」。長相酷似魔法師的店主走了回來，在冷水裡加了冰塊，一樹美味地喝下它。虎尾想知道更多，卻不知從何問起，只好跟著靜靜喝水。

又過了一陣子，虎尾收到一樹和徹子的結婚喜訊。跟一樹之前交往過的女孩子相比，徹子個子矮小，注視像虎尾這種高大的男生時，眼神會微微向上抬高，很像在瞪人。虎尾在國小時還是個小不點，上了國高中後，身高突飛猛進。他覺得這樣下去不行，偷偷練習自己發明的拉筋伸展操，還拚命喝牛奶，加上持之以恆，大概真的生效了吧。聽說長太高也會扣分，不過他知道的時候已經來不及了，所以現在依然盼不到女孩的主動告白。

虎尾實在想不通，一樹的異性緣那麼好，為何最後卻跟平凡的徹子結婚了呢？應該還有更好的對象可以選吧？

問了之後，一樹這樣告訴他：「這種事不是靠選擇的。」

可是，如果是像自己這種沒得選也就算了，一樹明明有條件可以選擇，不是嗎？虎尾追問。

「你以為結婚對象是從型錄裡挑的嗎？」

「咦？難道不是嗎？」

「當然不是啊，又不是叫伴遊小姐。」

「咦？叫小姐時，是從型錄裡挑的嗎？」

儘管不太清楚，但是聽起來很厲害。自己這種人，也能挑小姐嗎？錢的力量真偉大啊。

「總之，不是用選的，而是只能這樣了。」

喂喂，不是吧？你可是美女一個換過一個耶？虎尾依然想不通。如果是自己，「只能這樣了」尚稱合理，但一樹可是有條件選擇的人耶？

「最適合用來裝雞蛋的不是桐木盒，也不是鈦合金箱，而是透明的塑膠雞蛋盒喔。」

一樹的比喻令人似懂非懂。

「你是說，徹子姐是透明塑膠雞蛋盒嗎？」

「算吧，人生路還很長，我希望接下來可以活得輕鬆快樂。你可能不懂，但比起想要什麼、登不登對，人生還有更重要的東西。」

一樹對虎尾這樣說，然後結了婚，變得判若兩人。本來尖銳、有些愛使壞的個性不見了，變成一個敦厚老實的人，虎尾覺得相當掃興。不過，後來他也逐漸思考，或許一樹在萬人迷時期，那副吃得開的模樣是在逞強吧。

漸漸地，虎尾也迎來了人生的高峰期，加入大學社團後，主動邀約的女孩增加了。起初他也感到緊張，還向一樹借車，生平頭一次載女生去兜風。儘管不是單獨約會，但是成功載著心儀的女孩及她的朋友，一起沿著海岸線奔馳。每當後座傳來女生的歡呼聲，他都覺得自己是加裝各種功能的厲害機器，心情變得飛揚起來，吹散了從前被女生用掃把戳的恐懼。他已不再害怕了。關於這輛車的事蹟，他早已聽得滾瓜爛熟，只要繼續扮演適合這輛白車的模樣就行了。

即使如此，他一直沒機會擺脫處男。應該說，他的身分變了，不再是思春期的青少年了。虎尾在社團當到幹部；在打工處被主管提拔當小組長；在研究小組受到老師賞識，必須交出具有一定水準的報告才行，他因此認真花了一些時間讀書。升上大四時，就業活動、畢業論文隨之襲來，他還兼任畢業旅行的籌劃委員，生活過得相當忙碌，沒辦法再和高中時一樣，無憂無慮地和朋友混在一起、聊些沒營養的話題。他偶爾會和一樹借車，卻沒空坐下與他閒聊，就連聽說他住院以後，去探病時也只聊了找工作的事，或是交換一下哪裡有便宜好吃的小店等等。

虎尾是在意想不到的時機轉大人的。本來他以為一定要開車去到遠方，找間女孩子偏愛的可愛海景飯店，對方才有可能答應。然而實際上發生的地點，卻是每次電車經過就會隆隆振動、採光極差，自己那間骯髒狹小的租屋處。虎尾平凡順利地找到工作之後，因為從老家通勤太花時間，他藉機搬了出去。這個租屋處從衣櫃到垃圾桶都是黑色系的，她一進入房間就說：「你的品味真普通。」聽起來很尖銳，但似乎不是嘲諷。接著她問：「可以脫襪子嗎？」說完還真的脫下襪子，害虎尾一時慌了手腳。

她是個性格大剌剌的女孩，虎尾覺得，無論他們現在住哪裡，哪怕是一晚要價五十萬日圓的高級飯店套房，她大概也會跟現在一樣，脫下襪子、自在地看起電視，邊看還邊哈哈大笑吧。

事情究竟是怎麼發生的？虎尾事後回想，應該是他輕輕摟住對方時，聞到淡淡的蘆薈清香，接著兩人便雙雙滾到床鋪上。驀地，虎尾瞥見窗外的景色，急忙抬頭查看，發現自己忘了買窗簾。一樹在聊車子時曾說過，「在沒有窗簾的地方實在做不下去」，而自己正要在這種地方做下去。他呢喃了一句「窗簾」，女方抬頭看看窗戶說「外面是牆壁，沒關係」。經她一說，窗外的確只能望見褐色的大樓牆面。這次經驗讓他明白，做愛是必須集中精神的事。看著對方努力要和自己完成這個僅有兩人的程序，憐愛的心情自然湧現。好不容易把該做的步驟都做完，兩人擁抱彼此躺在床上——就在這時，電話突然響起，他差點停止呼吸。響了幾聲後，電話自動切換成答錄機，聽見母親的聲音時，他真的嚇到要跳起來。這是懲罰他任性搬出去的報應嗎？虎尾身體僵硬地聽著留言，

母親快速說明：「一樹剛剛去世了。」

母親拘謹地通知死訊、轉達完守靈夜和喪葬事宜後，才聲調一垮——

「阿一才二十五歲啊！」

她帶著哭腔，說出彷彿電視劇會出現的臺詞，掛斷了電話。

兩人呆然注視電話，過了一會她開口：「是不是回家一趟比較好？」

「嗯，但他是我堂哥，所以……」

虎尾答完後，也不明白自己是在「所以」什麼。

「總之，先吃點東西。」她對神情渙散的虎尾說，起身在廚房找到一袋泡麵，問道：「要吃嗎？」不等虎尾回應，便拿起小巧的單手鍋煮起水。虎尾慢慢走到廚房，打開冰箱，拿出一盒還放在塑膠盒裡的雞蛋，想要伸手拿蛋，卻突然愣住了，最後是她為他拿起雞蛋。女孩把麵放入鍋中，塗上粉色指甲油的雙手靈活地動著，俐落地在鍋中打入雞蛋，蛋白宛如飄逸的蕾絲，凝固了；才剛這麼想，旋即又凝結成一朵白雲，眨眼間就把蛋黃藏起來。

虎尾回頭看自己在房間脫下的衣服，還維持著脫下時的形狀，他身上只穿了一件內褲。而她不知何時已換上整齊的衣服，走過來說：「不披件衣服會感冒喔。」

她接著探頭尋找適合用來裝麵的大碗公，喃喃說「不可能有吧」，然後又忙著尋找胡椒，也沒找到，最後無奈地把整個鍋子端進房間。

她在虎尾的面前，把雜誌墊在桌上，輕喊「啊，筷子」，再次找起了筷子，然後說「還有水」，這次終於成功把冷水壺和筷子一起拿來。

「大大，妳的份呢？」

大大是她的綽號，因為本名叫大崎朋子，所以暱稱大大，大學社團裡的人都這麼叫她。

「我不餓。來，趁熱吃吧。」

虎尾吸著鍋子裡的泡麵，大大專心看著他吃。虎尾戳破蛋白，半熟的蛋黃從中流出來，先是漂浮在湯上，再慢慢沉入鍋底。回過神來，他發現自己哭了。大大抱住他的頭，靜靜陪伴。果然是蘆薈的味道——虎尾一邊哭，一邊心想。他好想告訴一樹，是蘆薈的味道，想到這裡又哭了。

喪禮上，徹子的喪服不是傳統和服。她的母親特地帶來全套黑色和服，還準備了草鞋與提包，但她堅決不穿，隨便跟葬儀社租了一套黑色洋裝。虎尾低語「徹子姐真固執」，徹子瞥了自己的母親一眼——

「那套和服，是她看見一樹住院，馬上跑去訂做的。」接著惡狠狠地說：「還順便給自己做了一套新的呢。」

只見徹子的母親儀態優雅，喪服內襯的白領端整地立起。徹子見了，對虎尾露出「噁！」的表情。

喪禮結束後，虎尾要來了車子，但成為女友的大大基本上是個走路派，車子就這樣毫無用武之地，放在老家。為了安撫持續抱怨的母親，每次回家，他都會開車載兩老去超市採買，但由於車子實在太少開，狀況當然好不到哪去，很多地方需要維修保養，讓他錢包大失血。即便如此，他依然無法把車拿去報廢。

經過了許多年，就在所有人都忘記這輛車時，徹子打來一通電話。

「車子已經處理掉了，對嗎？」

虎尾剛接起電話，她就開門見山地問。

「不，還放在我家。」

「不會吧？你還留著那輛破車啊？那、那——上面有雪人嗎？」

「雪人？」

「車子裡有沒有掛著一個雪人布偶？」

經她一說，虎尾想起車子的後照鏡上，的確懸吊著一隻站在紅色滑雪板上、輕柔搖曳的小雪人。

「嗯，有啊。」

話聲剛落，徹子就在電話那頭大叫：「有欸！他說有欸！」

大叫的對象不是虎尾，而是她的公公。公公也跟著大叫，徹子回到電話前，急急地開口。

「我可以跟你拿回那隻布偶嗎？」

「可以啊。」

「那我馬上去拿。」

徹子家距離虎尾的老家並不遠，但需要轉車，去一趟要花不少時間。

「我開車送去吧。是不是很急？下星期六我有空。」

徹子在電話旁邊小聲交談，接著說：「來吧、來吧！公公說，他也想見見阿虎。」

跟喪禮時的印象不同，她的聲音開朗輕快。原來這才是真正的徹子姐——虎尾帶著意外的心情答應赴約。

徹子和公公引頸期盼著虎尾造訪，見到人後馬上領著他到客廳，邀他在餐桌前坐下，一同享用鍋子裡的味噌關東煮。聽說這是名古屋的關東煮，加了紅味噌的濃稠湯頭裡，有整顆雞蛋、蒟蒻、白蘿蔔、豆腐和牛筋等湯料。「這是上網買的，全裝在不同的塑膠袋裡，通通倒進鍋子裡，加熱就能吃了。」

徹子夾出被濃稠的味噌埋住的白蘿蔔，一邊說明，公公也插話道：「我們打算最後把雞蛋打破，淋在白飯上、澆點味噌拌著吃。」

他看起來很開心。

虎尾在兩人的注視下，坐在冷氣半冷不熱的房間裡，汗流浹背地呼呼吹氣，邊吃著白蘿蔔，邊說「好吃」。徹子和公公似乎鬆了一口氣，用各自的方式吃起湯料。

「啊，對了。」虎尾趁著還沒忘記時，從口袋取出雪人布偶，放在餐桌上。兩人停下筷子，興奮地大叫，輪流把那髒髒的布偶拿在手裡。

「哇！」

「好懷念喔！之前常常看著它呢！」

「哎呀，謝謝、謝謝你啊！」

話題由此回到一樹的高中時代。虎尾看著兩人為了一個小小的布偶高興成這樣，忽然覺得自己做的事不是完全無用，儘管不是他所想到的方式，但總覺得心情上還一樹一個人情了。

回程時，公公和徹子一起出門送他。

「下次搭電車來吧。」

公公覺得沒跟他喝到酒很可惜，數度提到下次要一起小酌。

「沒問題。」

「不過，想不到你還留著這輛車啊。」

公公摸著車身說。

「她已經是老太太了呢。」

聽見徹子有感而發，公公訝異地回：「咦？這輛車是女的嗎？」

「是啊，她是勤奮工作的女子喔。」

「不對吧？是年輕男性才對吧？從車型來看絕對是男的。」

徹子和公公對車子各自有不同的想像，令虎尾啼笑皆非。跟他一樣，兩人對這輛車也懷有許多感情。

「約好下次一起吃串炸配啤酒啊。」

臨別之際，公公說道，和徹子一同目送一樹的車子離開，直到再也看不見為止。

○

大大確定去一間小出版社上班，聽說在那裡的綽號一樣是大大。她的個性不會施壓、不會鬧彆扭，和她出去買東西，效率好到心情舒暢。就算下手快，她也不會衝動購物，做事講求合理，與她那張彷彿什麼都沒想的臉具有反差。

雙方都認為，如果要結婚，就是眼前這個人了，並且開始尋找新居和結婚場地時，大大傳來訊息說「我看到一間很棒的房子」。以防萬一，虎尾回傳「我知道了，我會跟妳一起去看，不要擅自決定喔」。一到星期六，兩人馬上相約看房。「很棒的房子」是在一系列新建案中出售的一間大樓住宅，地點絕佳，去虎尾的公司和大大任職的出版社都很方便，視野良好，又很通風，兩人的收入加起來，剛好可以湊出貸款。就在兩人興高采烈時，虎尾提到反正要買房，不如加買車位之後，氣氛變得不太對勁。房仲說，附車位要加四百萬日圓，虎尾看向大大，見她面無表情，不打算點頭。聽說虎尾的母親常常向她抱怨，兒子相當寶貝那輛一樹留下來的無用車子。回程路上，大大說：「我不買車位喔。」

她說話時一樣面無表情。不會施壓、不會鬧彆扭的大大，字典裡也沒有妥協兩個字，她說不買，就是不買。虎尾暗忖，女人果然很恐怖。老家還有另一個女人——老媽，三不五時地碎唸「我想要弄個小花園，拜託你趕快處理阿一的車」。當初在電話答錄機裡哽咽「阿一才二十五歲啊」的人明明是她，現在嚷著「一直留著那種東西，會害阿一無法升天」這種不知哪來的詭異宗教說詞的人也是她，虎尾覺得腦袋快爆炸了。

「這間房很搶手，兩位要快點決定喔。」房屋仲介不時打來電話，客客氣氣地提醒道。但是在那之後，大大不再打電話和傳訊息過來，虎尾自己也沒主動聯絡。兩人都在賭氣冷戰。虎尾領悟到，女人露出本性了。

果然只要稍微大意，她們就會舉起掃把發動攻擊。買房的事、婚宴的事，他從來沒對大大的做法有意見，沒道理自己只是稍微提到車位，她就擺出那種態度吧？起碼該問問是不是有什麼顧慮，或是關心他的心情吧？沒錯，自己總是在逃避一樹的話題，因為害怕說了之後，對方只會丟來「但他已經死了啊」、「你到底在堅持什麼？」這些話。

也許他們不會結婚了。才剛這麼想，電話就打來了；來電者不是大大，而是公公。

「哎，不是說好要吃串炸配啤酒嗎？你什麼時候過來啊？」

哪有人夏天叫我吃關東煮，冬天吃串炸配啤酒的啊？虎尾心想，但——

「我做的沾醬是人間美味喔。」

由於公公不停自誇，他出於禮貌還是去了。

虎尾依約抵達寺山家，兩人跟上次一樣，不由分說地要他進屋坐下，把沾醬都介紹完畢後，開始用油炸鍋把串料炸成美麗的金黃色。

「哎呀，怎麼吃這麼少呢？」

在公公的腦海裡，虎尾似乎還停留在高中。只見他說著「年輕人要多吃一點」，不停把炸好的食物疊上他的盤子。

今天的徹子相當安靜，勤快地送來高麗菜和味噌湯。

虎尾去上廁所時，徹子擋在走廊，對他說：「我有事想拜託你。」

這麼神神祕祕的，應該是不想被公公聽見吧。虎尾轉頭確認周遭。

「可以載我去一樹的墳前嗎？」

「可以是可以……」

「然後……」

矮冬瓜徹子抬眼瞪著虎尾說：「請幫我把骨頭放回去。」

「骨頭？」

「一樹的骨頭。」

徹子從圍裙口袋拿出小小的糖果罐。

「在這個罐子裡？」

徹子「嗯」地點頭。

「妳怎麼會有他的骨頭？」

「撿骨的時候覺得怎樣都無法接受，所以偷了一小塊。」

她打開蓋子，抬高給虎尾看。裡面有一塊糖果大小的灰色碎片。

虎尾實在無法把這種東西和一樹聯想在一起，茫然地看了一陣子——

「要怎麼辦？」他抬頭問。

「我想把它放回墳墓裡。」

兩人在昏暗的走廊角落，默默凝視一樹的骨灰碎片。

「本來，我想留著它一輩子。」

徹子十分輕柔地蓋上蓋子說：「抱歉。」

無從判斷這句話是在對一樹說，還是對虎尾說。

「我明白了。」

虎尾下定決心，結束這趟任務之後，就讓車子永久地退休吧。這並不是對大大言聽計從，而是車子終於完成它的使命——送徹子和一樹的骨灰最後一程。也許自己迄今無法放下這輛車，就是為了這一刻。

「我會幫忙的。」

「可以嗎？」

「嗯，可以，什麼時候去？」

虎尾一口答應後，徹子略顯寂寞地說：「這樣啊，可以啊……」

出門時，外頭下起了雨，公公雖然要虎尾把傘帶走，但他說這點雨沒關係，快速衝出玄關。

跑了一陣子回過頭，可以望見一樹家的燈火。他想到了層層疊疊的俄羅斯娃娃。在那棟屋子裡，有一個糖果罐，糖果罐裡又裝了徹子隱藏七年的小祕密。

○

一樹的墳位在車程二十分鐘左右的山中墓園，途中必須行經一段陡峭的山坡路。徹子雖然擔心車子太老舊，不適合爬坡，但車子狀況絕佳，天空也是一片晴空萬里無雲，感覺有點像去郊遊。

「我還想去載一個人。」虎尾說，「我跟他約在那家便利商店碰面。」

他用眼睛尋找要碰面的對象。只見一個理著大光頭的男人，提著一大袋的行李，朝他們揮手。

「他是我學長，深津。」

虎尾向徹子介紹，男人和藹地彎腰致意，坐進汽車後座。虎尾也回到駕駛座。

「我沒把握一個人搬得動墓碑。」

徹子聽了「啊——」地心領神會，對深津低頭說：「不好意思，今天要麻煩你了。」

「深津學長是我同學的哥哥，以前玩過樂團。」

「哇——」

「沒那麼厲害啦，現在只是一個自由業大叔罷了。」深津用樂團毛巾擦拭宛如水煮蛋的大光頭。

「隨便搬動墳墓，真的好嗎？」都已經走到這一步，徹子才幽幽開口，虎尾隔著後照鏡說：「我有想到這點，所以才找了學長過來。」

深津指著自己說：「我以前是和尚。」

「不是辭職，而是辭寺啊。」徹子說。

「沒錯，我辭寺了。」前和尚開心地複述道。

「他騎機車出車禍，變得沒辦法跪坐，所以還俗了。」虎尾說明，補充道：「對和尚來說，跪坐就是一切。」

人生道路竟然如此輕易就被顛覆——徹子驚愕不已，但深津看起來並不煩惱，喃喃自語：「辭寺……不錯耶，以後就用這個詞吧。」

他的臉上掛著悠哉的笑容。

一樹的墳位在視野良好、能看見海的地方。深津隨意走到樹蔭下，俐落地換上袈裟，徹子深感佩服。

「我在哪裡都能換衣服。」

深津洋洋得意地說。

「我們做和尚的啊，只要被人找去，不管地點是哪都得去，所以常常在兒童房啦，或是只有三張榻榻米大、堆滿雜物的房間裡換衣服呢。」

深津披上袈裟以後，整個人舉手投足變得不一樣了，看起來很睿智？或者該說——功德無量？虎尾大概也是這麼想，開心地說：「找學長來果然對了，感覺賺到了啊——」

「那麼，今天就來個短版的吧！」

深津彷彿演唱會上的主持人，說完便開始誦經。虎尾和徹子急忙換上嚴肅的表情，雙手合十。深津的誦經聲在寧靜的墓園通透迴響，兩人不小心聽得入迷，頓時不知道自己身處何處。

深津不曉得從哪變出一條繩子，俐落地盤起衣袖——

「好，來動工吧。」

他恢復平時的聲音，虎尾和徹子猛然想起此行的目的。兩名男子喊著「一——二——」，合力挪動墓碑。一點一滴慢慢移開墓碑後，下方出現一個宛如水泥打造的地下儲藏室，兩個骨灰罈感情要好地擺在一起。

「那是我婆婆！」徹子下意識地喊出來。婆婆是指一樹早逝的母親，徹子只在照片上看過她。

「這個看起來比較新，應該是一樹的吧？」

虎尾說道，深津雙手合十地打開骨灰蓋，發現裡面積了泥水。

「雨水居然滲進裡面了。」深津說。

「畢竟過了七年嘛。」

虎尾感慨萬千地探頭窺視。

徹子從糖果罐裡取出骨頭，好好放進骨灰罈裡。深津用認真的表情來回看著兩人——

「好，都妥當了嗎？」

他慎重地問道。徹子點點頭，把骨灰罈放回原位，兩人再次慢慢移動墓碑歸位。

大概是怕刮傷墓碑，這位身披袈裟的前和尚動作小心翼翼，身上汗如雨下，連那顆大光頭都汗涔涔。

「好想沖個澡啊。」深津難受地說。

「那，要不要回程時去洗個澡？」

虎尾提議道。他有個朋友家裡開愛情賓館，可以去借用浴室。

「愛情賓館？」

深津一聽，眼睛都亮了。

「就當作是齋戒結束、該還俗囉，我們走吧。」

他用不知是高雅還是低俗的表情咯咯發笑。

虎尾說的愛情賓館，是一棟位在路邊的老舊建築，從前的孩子稱它為城堡，不知現在的孩子是不是也這樣叫？他們在車裡熱烈聊著這些往事，深津說反正等一下要沖澡，就先繼續穿著袈裟。

「穿著袈裟上賓館，光想就興奮哪。」

虎尾無視於深津的躁動，轉頭問徹子：「徹子姐，妳呢？要待在車上等我們嗎？」

「我也想看看愛情賓館裡面長怎樣。」

徹子如此表示，跟著他們一起下車。

一進入房間，深津便直直往浴室走，徹子和虎尾在大床上坐下。由於這段期間無事可做，徹子到處東看西瞧，很快就膩了。她拿出空蕩蕩的糖果罐，把蓋子開開關關。虎尾取出手機查看有無來電，大大依然沒消沒息，雖說他自己也沒有主動找對方談，但想到現在是週末就莫名氣惱，有一股衝動想把大大的電話從通訊錄上刪除。虎尾心想，我只等一天，她要是沒打來，我就永久刪除電話號碼！浴室傳來深津洗澡的水聲和疑似卡通歌曲的哼歌聲。徹子見虎尾收起手機後，淡淡開口：「原來賓館裡面長這樣。」

她一邊說，一邊轉頭打量房間。「從外頭看好像很厲害，進來之後才發現床和椅子跟一般家庭沒什麼不同。」

對虎尾來說，這裡是他從小常來的遊樂場，所以一時之間沒什麼感覺，仔細想想，的確如此。

「墳墓裡也是啊。」

虎尾開口。

「裡面意外地普通，我本來還想像有多麼陰森恐怖。」

是啊，墳墓跟愛情賓館有幾分相似，感覺就像拆開精心包裝的禮物盒，發現裡面放的竟然是超級實用的物品，例如掏耳棒之類的。這正是虎尾的心情。

下一秒，徹子果斷將手中的糖果罐丟進垃圾桶，虎尾不禁「咦——！」地大叫，徹子趕緊慌張撿起。

「啊，抱歉，這是不可燃垃圾，不能丟在這裡對吧？」

「不是，我是訝異妳竟然把那個罐子丟掉。」

虎尾指著糖果罐，徹子瞥了一眼，「嗯」地點頭。

「欸——為什麼要丟呢？一般來說不會丟吧？」

「可是，已經用不到了啊。」

徹子說完靜默下來。是啊，他們前往墓園的原因，就是因為不需要了。

「這表示，我已經不需要一樹了。」

徹子接著說。這不是自嘲的說法。

虎尾約略明白，徹子走過多少曲折路，最後才得出這句話。她一定也曾自問自答無數次，最終仍沒找到答案。人們漸漸習慣這個沒有一樹的世界；當這件事越成為自然，越能感受到自己的痴傻，好像只有自己被遺留在原地。然而，人生路還很長，他們還要繼續在這個世界走下去。他懼怕的不是自己的消極不振，而是真正的遺忘。萬一有一天，自己真的忘記一樹了，那該怎麼辦？

「請問，這個罐子可以送給我嗎？」虎尾問。

徹子覷了一眼，眼神像在說：「可以嗎？」

「有了罐子，我就能輕鬆把車子處理掉了。」

「原來如此，大換小啊。」

腦中閃過大大的身影，虎尾回道：「沒──錯──」

「那就交給你吧。」

徹子爽快把糖果罐交給虎尾。

「徹子姐，妳不怕交出這個罐子，會忘掉一樹嗎？」

「我到死也不會忘。」

徹子肯定地說，用「問這個做什麼」的表情看向虎尾。

如果是她，肯定不會遺忘。此時此刻，虎尾終於明白一樹為何說，非得是徹子不可。

深津探出彷彿光滑水煮蛋的腦袋瓜——

「呦，兩位，發生了什麼事呀？」

他用半開玩笑的口吻走出來，虎尾接著進入浴室。洗澡時，他聽見房內傳來徹子的爆笑，還有乒乒乓乓的聲響。「他們到底在幹麼？」好奇地走出浴室，他看見深津正獨自跟棉被搏鬥，徹子指著他——

「這個人有夠低級！」

她一邊說，一邊哈哈大笑。

「聽說他把高中的青春時光，都浪費在這個編織技術了。」

深津先摺好棉被，再用自己的捆袖繩，把層層疊疊的棉被緊緊束起，做出巨大的女性性器。

「真是浪費才能啊。」

徹子這次佩服地說。只見深津用十足認真的表情，以及渾身的力氣，努力做出這個藝術作品，令人看了啼笑皆非。

「喂，別顧著看，快來幫忙。」

虎尾不敵深津的氣勢，幫他壓住棉被。深津宛若職人一般，手腳俐落地從一端把棉被牢牢捆住。

如同徹子所說，愛情賓館裡準備的是極其普通的棉被，觸感柔軟、令人懷念。虎尾領悟到自己也會跟之前一樣，一再地回到這個熟悉之處。忽然間，他好想見大大一面。

魔法卡片

「聽說岩井遇到了結婚詐騙呢。」

在食堂偶然同桌的總務部女同事這樣告訴徹子。她說，岩井特地跑去總務部問，被詐騙的金額，可以在年度報稅[14]時補回來嗎？

徹子聽了完全呆掉，剛點的豬排飯在此時端上桌，她只能先吃再說，邊吃邊「咦」、「不會吧」地附和著，味同嚼蠟地聽完八卦。午休時間結束後，她打開早上還沒做完的工作檔案夾，火氣突然整個上來。

岩井老是吵著要和她結婚，結果自己卻遇到結婚詐騙？天底下哪有這麼誇張的事情？她非得找岩井本人問個清楚。打電話去才知道，岩井去新加坡出差了。他沒跟我提過要去國外出差啊？徹子聽了更加生氣。坐岩井隔壁的女同事說「我不知道他什麼時候回來耶」，更增添徹子的煩躁感。她從抽屜最深處摸出以備不時之需的六顆裝高級巧克力，抓起就往茶水間走，回過神來，已經站著通通吃光了。然後她終於冷靜下來，回到座位以後，才想起那個巧克力一顆五百日圓，她對於自己竟然一口氣吃掉三千日圓感到驚訝。過了一會，又覺得自己真可悲。岩井的手機應該出國也能通，但她發的所有訊息、打的所有電話，對方都沒有回，這種事之前從來沒發生過。

14 注：日本在報稅時，有一項「雜損控除（雜損益免稅額）」可以申報，適用情形包括地震、風災、水災等自然災害；火災、火藥類爆炸等人為災害；蟲害等生物異常損害，以及搶劫、盜領等。詐騙和恐嚇勒索並不包含在內。

在他本人出差不在的這幾天，謠言甚囂塵上，徹子連在洗臉臺刷牙時，都聽見不認識的女同事在聊公司裡有人遇到結婚詐騙，還說這個人八成就是岩井。徹子忍不住豎起耳朵，聽到受騙金額高達五百萬時，差點發出尖叫。其中一人說，詐騙者好像超過四十歲；另一人聲音拔高，興奮地說「美魔女？」，接著爆出一陣歡笑，徹子聽見「原來岩井喜歡熟女啊」這句話。

徹子對於惹出風波的岩井感到生氣，忍無可忍地回到座位，發現辦公桌上放著魚尾獅造型的巧克力，大概是在機場買的伴手禮吧，盒子上還貼著一張便條寫「這是新加坡的禮物。岩井」，字跡相當悠哉，看起來笑咪咪的，實在不像被詐騙五百萬的人寫出的字。徹子拆開包裝試吃，味道遠不及自己賭氣吃掉的高級巧克力，儘管知道食物是無辜的，心中的怒氣卻像沸騰的水，咕嚕咕嚕地冒著泡，快要把鍋蓋炸開了。

不找他本人問清楚，實在靜不下心，徹子拿出手機打字：「我有很多事要問你。」

訊息傳出後，岩井迅速回覆「知道了」，主動約好見面地點，大概是覺得人都回到日本了，無路可逃了吧。那是一家人氣鬆餅店，徹子不禁咒罵：「他在搞什麼鬼？」

徹子抵達鬆餅店時，前方已有十五組客人候位，店員嘶聲大喊：「現在要等四十分鐘喔！」只見岩井已經排在隊伍中段，手上拿著文庫本讀著。徹子悄悄排在隊伍的尾端，觀察岩井的反應，見他不時噗哧笑出來，那本書大概滿有趣的吧。

過了一會，他抬起頭，臉上的表情似乎寫著「差不多該輪到我了吧」，腦袋如貓頭鷹般四處轉動，這才發現了徹子的身影，向她招招手。徹子堅持不過去，岩井只能無奈地走過來。

「我特別提早來耶，妳這樣害我白排了啦。」

見他說得理直氣壯，徹子乾脆直說了：「白白被詐騙五百萬的人，還真有臉說呢。」

岩井一聽，「呃」地倒抽一口氣，急忙解釋：「才不是五百萬。」

他的語氣很心虛。

「那是多少？」

「四百八十萬？」

從本人口中聽到金額，令徹子倍受打擊。

「一般人都會說是五百萬！」她的聲音變得咄咄逼人。

「抱歉。」

岩井像個搞砸的業務員，把身體彎曲成九十度道歉。徹子反省，也許自己的問法太苛刻了。

「不用跟我道歉，反正不是我的錢。」這個說法似乎更加無情，岩井垂頭喪氣，嘆氣說：「可是，那是結婚基金耶。」

「和誰的？」

徹子一問，岩井訝異地抬起頭，用奇怪的大阪腔說：「當然是和妳結婚呀，不然咧？」

說完急忙找藉口表示，自己沒有逼迫的意思，是因為去新加坡出差的期間跟關西人一起行動，所以語調才會被影響。

「也就是說，你準備和我結婚的存款，被結婚詐騙的人給騙走了，是嗎？」

岩井露出困惑的表情，認真發問：「什麼結婚詐騙？」

「全公司的人都在傳，被熟女騙走了錢！」

「這是在講我嗎？」

「對！」

岩井思索片刻，這才驚慌大叫「為什麼會變成這樣？」、「誰說的？」、「什麼東西啦」，引來其他排隊者的側目，徹子覺得很丟臉，直接離開隊伍往車站走。岩井不知是對鬆餅有什麼執念，還是不甘心已經花時間排隊了，在人龍中愣了半晌才下定決心，用一張彷彿要「喝啊！」跳下大海、破釜沉舟的表情衝出列隊，跑去追徹子。

「妳搞錯了，不是結婚詐騙！」

他一邊追，一邊氣喘吁吁地大叫，但這並沒有消除徹子的怒氣——

「既然如此，你為什麼訊息和電話都不回？」她瞪著岩井問。

「這是因為……」岩井沉默了。

徹子問出口後，才發現自己氣到快抓狂了。

「因為，我怕被妳罵。」

徹子聽了有些懊惱，她不想被當成愛生氣的人，只好盡量好聲好氣地問：「既然不是結婚詐騙，那錢又是被誰騙走的？」

「關於這件事啊——」

岩井說到一半轉移話題：「總之，我們先找個地方坐吧？」

他接著碎唸，找哪裡好呢？對了，還是找有鬆餅的地方吧！真的是死到臨頭還在講一些莫名其妙的話。

○

儘管弄得不太愉快，兩人還是努力尋找類似的店，最後終於得以坐下來，只是這裡沒有賣一般的鬆餅，所以他們點了日式厚鬆餅。

「所以，你的錢是被誰拿走的？」

徹子對正在喝水的岩井發問。

「一個小學生。」

「小學生？」

「好像讀五年級吧？」

「小孩子怎麼會拿走這麼大一筆錢……」

徹子忽然不知該如何接話。

「就是說啊——」

「那可是四百八十萬耶。」

「就是說嘛——」

岩井慢慢說明來龍去脈。那天，他從公司回家時，錯過一班公車，他覺得等下一班車的時間很浪費，於是決定走路回家，走著走著，瞥見橋上有一個粉紅色的東西在飄動。那是什麼？岩井走近一瞧，發現是一個小孩子攀上橋的護欄，雙眼盯著橋下。當時天色已黑，加上情況看起來相當不對勁，他心想不妙，馬上衝過去，拚命把對方拉下來。

「那是一個女孩子。」

「她想跳下去嗎？」

「是啊。」

女孩吸著鼻子，抽抽噎噎地說話，拼湊起來的大意是，她被朋友勒索，交出去的零用錢旋即見底，對方卻加倍獅子大開口；沒辦法，女孩只好從父母的提款卡一點一滴偷偷領錢出來，如今錢也領光了，這件事遲早會被父母發現。可能是今天，可能是明天。事到如此，家裡和學校都已經沒有自己的容身之處了，還不如一死了之。

「我先說喔，光是問出這些資訊，就花了我一個小時。」

「所以，你把錢給她了？」

「是借她的，我們約好，等她開始工作之後再償還。」

「等她開始工作……那是很久以後的事情吧！」

「是啊，可能要花十年二十年？跟復仇劇差不多嘛。」

他還真以為自己是時代劇裡的人物呢。

「被人勒索，應該要報警才對吧？」

「嗯，可是，我答應她不會說出去。」

「你不打算知會她的家長嗎？」

「我必須遵守約定。」

「你在說什麼，對方可是小孩子耶？」

「就算是小孩，約定就是約定。」

「這樣不會又被勒索嗎？你給她的錢會通通不見喔！不要懷疑。」

「她答應我了，有了四百八十萬，人生就能重新來過，就算再被勒索，也會誓死拒絕。」

「也許她當下這麼想，但是回到學校以後，又會被迫答應。」

「可是，約定就是約定。」

在烤厚鬆餅甜甜的香氣中，岩井非常堅持要「言而有信」。徹子感到累了，決定換個方向——

「既然是借的錢，為什麼要申請報稅減免？」

這句話大概問到岩井的痛處了，只見他臉色一沉，用紙巾擦拭桌面的水滴，直到桌面完全乾淨。

「因為，我還是很擔心她，心裡在想，是不是應該通知她的家長。」

「就是說啊——」

「然後，我去她留下的地址找，發現根本沒有那條路。」

「什麼——！」

徹子的驚叫聲迴盪在店內。

「也就是說，住址是假的嗎？」

「我想，她應該擔心我是壞人，所以沒告訴我真正的地址。」

「她拿了四百八十萬，卻謊報地址？」

「嗯，所以我才想說可不可以申請報稅減免，但聽說需要有報案文件之類的。」

「我想也是——」

「去警察局報案，感覺不太好……」

「四百八十萬耶，那孩子難道不覺得可疑嗎？」

「一定就是覺得可疑，所以不敢留真的地址。」

他這種事不關己的態度，令徹子再次怒火中燒。

「我每天都有確認新聞，她應該沒有自殺。哎唷，用四百八十萬買一條人命，算是便宜了啦。」

語畢，岩井露出一張好人臉，還瀟灑地笑了一下。徹子的怒火在此刻攀升至頂點，她從錢包拿出自己的餐費，用力甩在桌面，殺氣騰騰地把桌上的東西全掃進包包裡，起身俯視還愣在座位上的岩井——

「我絕對不可能和你一起生活！」

她拋下這句話，走出店門。

事出突然，岩井慢了一拍才站起來，但表情跟不上節奏，嘴依然傻笑，只有眼睛露出害怕的神情。店員若無其事地走過來，送上兩人份的厚鬆餅，岩井不自覺地重新坐好，這段期間，徹子早已氣呼呼地離開了。來到街上後，徹子回頭偷看，只見玻璃窗內的岩井若無其事地把楓糖漿淋在厚鬆餅上。

「這傢伙怎麼搞的啊？」

每當這種時候，徹子都會再一次完全搞不懂岩井這個人。他的神經是斷掉了嗎？把四百八十萬日圓交到小孩子手上，不怕引發更多事端嗎？當他發現事情無法轉圜後，又做了什麼事？竟然還洋洋得意地吹噓自己做了一件善事，太蠢了吧？什麼橋上遇到女孩子，岩井家附近根本沒有橋啊？徹子邊走邊在心裡咒罵，這才發現自己真的走在一座橋上！她知道這座橋，卻沒意識到自己每天都會通過。低頭窺視，漆黑的河水發出轟轟聲流經而過。她還是第一次仔細聽夜晚的川流聲。對一個想自殺的小學生來說，這樣的聲音聽在耳裡會是什麼感受？黑夜裡，無人發覺徹子把身體探出橋外，傾聽水聲。路上行人各有各的事情要忙，行色匆匆地快步走過。這很正常，真虧岩井能發現小學生啊，明明那麼粗神經。她在心中補上一刀。儘管覺得讓他一人孤單吃鬆餅有點可憐，但說到今後要不要同住，還是太勉強了。能在結婚前認清，或許也是一種幸運吧。

徹子到家時，公公還沒回來，屋裡冷冷清清。大概是看見了漆黑的水底，徹子的意志有點消沉，特地繞了一圈，把屋內的燈都點亮，這時包包忽然傳來陌生的手機鈴聲。她急急忙忙取出來查看，愣了幾秒才發現是岩井的手機。應該是剛剛離開那家店時，倉促把桌上的東西掃進包包，不小心放進去的。來電顯示是公共電話，徹子心想，應該是岩井打來的，趕緊「喂？」地接起，怎知電話那頭傳來女孩吃驚的聲音問「請問是岩井叔叔嗎？」。徹子後悔接起電話，但仍回答「是，這是岩井的手機」，對方似乎沒想到會是別人接起，頓時窘於回應。由於那句「該怎麼辦好」聽起來相當稚氣，徹子趕緊問：「妳該不會是向岩井借錢的人吧？」

對方嚇了一跳，先回答：「是——」然後警戒地說：「請問，岩井叔叔在嗎？」

「他剛剛還和我在一起，我不小心把他的手機帶回家了。」

「他不在啊。」

她的語氣有點懊惱。

「我明天會在公司見到他，需要幫妳轉達嗎？」

「呃——不能明天，我想在今天之內見到他。」

「今天之內？」

已經超過晚上九點了。

「因為明天起，合唱團比賽要開始練習了。」

她的聲音聽起來活潑有朝氣，實在不像想尋死的小孩。

「可以告訴我岩井叔叔住哪裡嗎？」

「這麼晚出門，不會被家人罵嗎？」

問了之後，對方回說：「爸爸媽媽都要工作，不會這麼早回來。他們很信任我。」

女孩堅持一定要在今天之內見到岩井，沒辦法，徹子只好說「我也去」。她不知道岩井什麼時候會回家，總不能讓一個小女孩獨自在門前空等。約好在附近車站見面後，徹子掛掉電話，又繞了家中一圈，把剛剛打開的燈都關掉，正要通知岩井時，才想起手機在自己這邊。今天到底是什麼鬼日子？徹子無奈地將自己的和岩井的手機塞進包包裡，離開家門。

○

來到車站，徹子看見一個小女孩，穿著戶外用的粉紅色外套，站著打電動，便上前主動攀談。因為忘了留名字，只好這樣說：「你好，我是岩井的朋友。」

女孩從遊戲機中抬起頭，緊張得僵直不動——

「百忙之中麻煩您了。」

她像個大人一樣，禮貌地打招呼。

「從這裡走過去，大概七分鐘。走吧。」

兩人並肩走了起來，女孩問：「妳聽他說了嗎？」

「嗯，他說和妳有約定，所以不太肯說，是我逼問出來的。」

「這樣啊。」

「他借妳的錢，有幫上忙嗎？」

問了之後，女孩苦惱地支支吾吾了一陣才開口：「我的個性很差勁。」

徹子納悶地看向女孩。

「因為這樣，所以沒有朋友。」

女孩說完，自嘲地笑了笑。

「有很多人來找我玩，但我完全不信任她們。」

「不信任她們——什麼呢？」徹子問。

「全部。」她說，「嘴上說會永遠當好朋友，但是知道這樣很虧之後，就會離開。」

「很虧？怎麼說？」

「和我當朋友，只會浪費時間。小孩子也會衡量利弊得失，和一個人當朋友，能不能使自己受到關注之類的，沒有這些附加價值的話，就沒有當朋友的必要。」

徹子面露不解，她繼續說：「所以，我常常從朋友的錢包裡偷錢。」

徹子嚇了一跳，女孩卻嘻嘻笑了。

「我趁她們去廁所時，偷偷從錢包裡摸走千圓鈔票，她們回來發現錢不見了，就會嚇得哇哇大哭。妳搞不好也是喔，要不要看一下錢包呀？」

「這是犯罪行為。」

「可是，沒人發現是我幹的啊。」

女孩說「沒人發現時」，剎那間流露落寞的神情，但馬上恢復原狀。

「所以，同樣的事，我忍不住做了好幾次，大家終於覺得我很可疑，但因為找不到證據，最後乾脆漸漸裝作沒看見我。」

她說「裝作沒看見我」時，語氣有點雀躍。

「和我當朋友，損失可大囉。」

女孩一口咬定。

「那麼，我像這樣陪妳去岩井家，也會損失嗎？」

「已經損失了啊，陪我的時間和精力。」

「我不認為這是損失。」

女孩子揶揄道：「騙人——這是損失，妳虧大了，把這些時間拿去打工，還能賺到錢。」

或許是吧。但就算徹子真的缺錢，也會選擇請假，陪她一起過來吧。

「我選擇陪妳，是為了讓自己安心。」

眼前就是岩井住的大樓，那是一棟隨處可見的七樓米白色建築。岩井很少買東西，即使經過了許多年，家中的陳設都沒有太大改變。

「還有，我不希望妳傷害岩井。」

笑容從女孩的臉上褪去。

「岩井叔叔他——」

「妳告訴他假地址，好像讓他很受傷。」

「我想也是。」

即使說出實話，女孩還是一副事不關己的態度。

「被勒索的事，也是騙他的吧？」

「那是很久以前的事了，大概是放暑假前吧？當時我害怕被排擠，所以乖乖交出了錢。」

不過到頭來，這件事還是被父母發現了。父母質問她錢的下落。「我才知道，大人要我自己管錢的事都是騙人的，相信他們的我真傻啊。」

「我把被恐嚇的事告訴了父母，很多問題就迅速解決了。」她接著說。聽說恐嚇的孩子在事情穿幫後，哇地哭出來，看起來超笨、超丟臉。

「我何必害怕這種人呢。」女孩憤慨地說。

大概是提及舊事，情緒有些激動，女孩停下腳步。徹子跟著停下來，回頭時，女孩從包包拿出厚度約兩本書的紙袋、遞了上來。

「可以幫我把錢還給他嗎？」

紙袋上印著銀行名稱，尺寸比平時使用自動提款機領錢的信封袋要大得多。原來銀行裡有大筆現金專用的信封袋啊，徹子意外地讚嘆。

「這麼多錢，我才不要，妳自己拿給他。」

「我想也是。」

女孩垂下眼簾，注視紙袋。

「妳是真的打算從橋上往下跳嗎？」

徹子輕聲問，女孩「嗯」地點頭。徹子想起稍早注視的那條漆黑河川，喃喃自語：「是嗎……」

「夜晚的河川很吵吧？」

「沒錯，轟隆轟隆的。」

「街上的聲音消失後，聽起來更明顯。」

徹子想起之前聽公公說過小鋼珠店的事。打烊之後，店裡只聽見轟——的聲音，宛如湍急的河川。當絢爛的聲光效果戛然而止，機臺只會發出珠子滾滾流動的聲音。還記得公公說，真是的，我怎麼會來到一個充滿肅殺之氣的地方？但或許，活著就是這麼一回事吧，每個人都為了求生而廝殺，因為心裡明白這點，所以刻意穿得光鮮亮麗、大啖美食、對彼此談笑，想藉此製造一些喘息的空間。如果不懂得適度奢侈浪費，人會活得寂寞又痛苦，可能就撐不下去了。

徹子回憶這段話，一時失了神，女孩像是忽然想到般，說道：「當時，岩井叔叔給了我魔法卡片喔。」

「魔法卡片？」

女孩從錢包抽出兩張名片，是岩井印著公司商標的業務用名片，上面用悠哉的紅筆字寫著「魔法卡片」，兩張分別寫上㊥與㊙。「還有另一張㊇的卡片，被我用掉了。」

「啊啊，一共是強、中、弱三張。」

將名片翻到背面，㊥的畫上兩顆星星，㊙的畫上一顆星星，想必㊇的卡片上應該有三顆星星吧。

「他對我說，人生遇到困難時，就使出這三張卡片吧。」

聽說岩井一邊強調「我沒騙妳，這是可以實現任何願望的卡片」，一邊把卡片送給了她。

「我覺得他把我當白痴，所以當場使出㊇的卡片說『借我四百八十萬日圓』。」

徹子可以想像岩井嚇了一大跳。女孩回顧那段過程，自己也笑了出來。

「他嚇到眼睛變成兩個小圓點，原來這是真的啊。」

聽說岩井整個愣住，聲音分岔地大叫：「四百八十萬？」

女孩說，她當時認為──看吧，我就知道，不管這個人心腸再好，一旦知道自己吃了虧，就會掉頭而去吧。

「如果岩井真的掉頭離開，妳打算跳下去吧。」

徹子囁嚅道，女孩沉默良久──

「我要是死了，爸爸媽媽會有損失嗎？」她幽幽地問。

「不會，損失的是妳自己。」徹子這樣說。

「啊，妳說了一樣的話……」女孩指著徹子。

聽說岩井也說了一模一樣的話。

「哦——他也這麼說啊。」

接下來，岩井表示明白，要她後天早上七點過來，說完兩人就先各自回家。後天，岩井依約前來，早到的他偷偷做了準備，發現女孩到了之後，慌慌張張把寶特瓶裡的水倒進便利商店的關東煮盒，現場頓時飄起了煙。

「乾冰嗎？」

徹子傻眼地問。

「沒錯，還滿大塊的，煙霧不停冒出來，我們頓時緊張了一下，擔心警察會跑過來，回想起來真好笑。」

最後，等不及煙霧冒完，岩井一邊說著「萬一凍傷怎麼辦？」，一邊用手帕把乾冰拿出來。

「然後，煙霧裡變出了四百八十萬。」

都弄成這樣了，女孩當場也有點騎虎難下，便謊報了家裡的地址，收下這筆錢。

「是嗎，原來是這樣！」

徹子恍然大悟。

「可是，我認為很了不起。」

女孩一臉認真地說。

「人類真了不起。」

兩人一起盯著岩井準備的錢袋，女孩將袋口的方向轉向徹子，看見裡面的大把鈔票後，徹子嘆了一口氣。

「他很誇張吧。」

但是，當徹子看見一切後，也不禁覺得岩井很了不起。大樓的窗前，可以望見岩井的影子重複做著相同的動作，似乎在做健身操。大概是鬆餅吃太多，有罪惡感吧。

「就是那一戶。」

徹子指著映出岩井身影的窗戶。

「我去還給他。」

女孩把銀行的袋子收進包包。

徹子說：「對了，既然要還，不如順便。」說著便把岩井的手機一併交給女孩。

「歸還之後，我會立刻回來，妳可以在這裡等我嗎？」

「好。」

徹子回答之後，女孩加速衝刺，消失在一樓大廳。等待的期間，她思索著要不要去大樓下的便利商店買點東西，岩井經常在這裡買格子鬆餅，說他其實想吃一般的鬆餅。啊，對呀！每當岩井感到沮喪時，都會想要吃鬆餅，口感鬆軟的那一種，烤好之後，淋上滿滿的鮮奶油。他說過，只要吃了鬆餅，就會恢復活力。難怪他今天那麼堅持要吃鬆餅。原來如此，四百八十萬日圓果然很傷啊。

女孩依約回來，喘著氣說：「魔法師的家好普通喔。」

接著說：「啊，忘記還這個了。」

她張開握著的小手，裡面是揉成一團的兩張名片。

「妳就收下吧。」
「可以嗎？」
女孩小心翼翼地把名片攤平。
「人生還很漫長。」
女孩抬頭，凝視徹子。
「也許還有兩次機會可以用啊。」
女孩聽了，凝視夜空，喃喃自語：「要是能把這件事情告訴八木叔叔就好了。」
「八木叔叔又是誰？」
「妳不知道？八木重吉[15]啊。」
徹子回答不知道，女孩說是一位詩人，接著突然背起詩來。

在我自身當中也好
在我身外的世界也罷
哪裡有「真正美好的事物」呢？
就算是敵人也無妨
難以觸及也沒關係
只盼知曉它當真存在
我那長年疲於追尋的心啊

女孩的讀詩聲在夜空中靜止，兩人默默無語。

15 注：一八九八年－一九二七年，大正－昭和初期的基督教詩人、英語教師，二十九歲死於肺結核。大多抒寫短詩，風格被評為「樸素的琴」。

「好想跟八木叔叔說，真的有這種東西喔。」

女孩說著，邁出步伐。

她的腿還細細的，尚未成長茁壯。

與女孩道別後，徹子搭電車回家，下車時才發現切成靜音模式的手機有許多岩井的來電紀錄。查看的時候，岩井剛好打電話來，徹子順勢接起，聽到話筒那端傳來興奮的聲音說：「我可以結婚了！」

他說，之前慌到六神無主，果然吃鬆餅很有用，結婚基金回來了。如此一來，我就能結婚了！岩井語氣飛揚，似乎沒想到手機是怎麼回來的，腦中只想到四百八十萬日圓。

「我有說過，結婚基金回來的話，就會跟你結婚嗎？」

徹子問，岩井稍稍反省自己過度興奮，換上正經的語氣說：「我明白了，讓我正式對妳說，錢回來了，我們結婚吧。」

不知他是怎樣得出這個結論，說得一副理所當然。他似乎以為，徹子是因為丟了一大筆錢而生氣；實際上，徹子是對自己感到生氣。自己竟然因為這點小事就看岩井不順眼，她氣自己的心胸狹窄。要是把這件事告訴岩井，他大概會說，什麼啊，這不就是喜歡我嗎？但是，總覺得哪裡不太對。岩井和徹子的對話，總是有著些微的奇妙誤差。

「那麼，我也要魔法卡片。」

徹子提出要求，岩井卻傻眼表示：「什麼鬼？」

「給我最強的那一種，我就願意和你結婚。」

老實說，岩井有許多地方令她無法參透，但他或許是世界上最篤信「真正美好的事物」的人吧。

他似乎完全忘記給過女孩三張名片。

「妳在說什麼？欸，到底是什麼？給我一點提示啦？」

岩井在電話那頭吵吵鬧鬧。

無論是徹子、女孩或是岩井，打從出生就沒看過什麼叫「真正美好的事物」。可是，不能因為這樣，就認為那樣東西不存在。

「最強的什麼啦？」

「你給那個女孩的魔法卡片啊。」

「哦——原來是那個啊！」

他用占上風時的從容語氣，反覆說了幾次「那個啊」。想必喜歡玩些小花招的岩井，一定會熬夜為她製作最特別的卡片。只要有了那張卡片，在她不小心窺見腳下的黑暗深淵時，一定也能順利回來。

原來如此，我想要的是這種東西啊。徹子邊走邊思考，感到恍然大悟。她看見自己即將回去的家亮起了燈，想必公公就在剛剛早她一步回家。只需直直朝燈火處前進，如此一來，就無足為懼。

夕子

夕子只要和人變熟後，便能得知對方的死期。當然，她無法感應到多年以後的事，但是每到過世的前一週，她都會沒來由地撲簌簌掉眼淚，開關一開就停不下來。起初，人們說她得了憂鬱症，她自己也這麼以為。但仔細回顧便發現，她從小就有這樣特異的體質，只是父母都當她是愛哭鬼。夕子一哭就會連續哭兩小時，好不容易止住了，想回去做本來的事情，眼淚又會嘩啦啦地湧出來，無關她傷不傷心。每當這時候，她只能靜靜待著不動。哭泣會消耗體力，眼睛也會腫起來，就算她想設法改善，這件事卻毫無起色。

同樣的狀況持續幾年後，她發現每當自己大哭之後，身邊就會有認識的人過世。越親近的人，哭泣的時間越長。自此以來，她都會邊哭邊想，這次又是換誰過世呢？為此惴惴不安。麻煩就麻煩在，夕子無法知道那個人是誰，譬如有次以為是重病住院的叔叔，結果走的卻是年輕友人。她自己也覺得這件事有點毛骨悚然，所以不敢找人商量，連留下文字紀錄都感到忌諱。更加奇妙的是，眼淚會在收到死訊那一刻自動停止；儘管不哭了，但不表示心裡不難受。只是，夕子一次也不曾在喪禮上噙淚，因為早在那之前，眼淚就流乾了。不知情的親戚們不免冷嘲熱諷，看這夕子平時這麼愛哭，卻是一個在重要時刻不哭的冷血小孩呢。

大概是因為這樣，夕子從小神情就帶著驚懼，盡量避免與人深交。她希望自己認識的人越少越好。雖說人終將一死，但若是混熟了，自己就非得知道對方的死訊不可。因此，她完全不敢想像結婚生子、組織家庭那些事。

但是，夕子從短期大學畢業後，在父親的介紹下，進入一家公司上班，成為了粉領族，就是從這時候起，身邊的人開始雞婆地牽線做媒，她在家人親戚的介紹下，勉為其難去相了幾次親。每位男性都表現得有模有樣，卻在一些小地方令人目不忍視，讓夕子一一回拒。母親生氣質問，妳到底是有哪裡不滿意？夕子認為這種直覺很難解釋清楚，像是拉褲頭的動作、吹噓時的嘴形、看錢包時脖子的角度等，也許每個人看起來各有不同，不過看在夕子眼裡，這些全是器量狹小的表現。偏偏這些人不是擁有好幾棟房子，就是領有超高年薪，或是年紀輕輕就身兼多個頭銜，想必夕子感應到的微小厭惡感，聽起來一點也不具說服力吧。

某天剛結束相親，夕子照例開始流淚不止。她想，該來的還是來了，同時祈禱不要是相親對象出事，結果對方當真出了車禍。那次之後，夕子便推掉了所有相親。旁人都在傳，她可能很中意那個死去的對象，還是暫時先別去打擾她吧。儘管對往生者有點抱歉，但這對夕子來說可是求之不得。

夕子做起行政庶務類的工作特別得心應手，記得剛進公司的時候，全部門都還在使用七連式單據，單據下層黏著一張複寫紙，要讓七張單子上的字都複印清楚，下筆需要費點力。夕子的字方正易讀，人人都誇。每當一天的工作結束，她會仔細把被複寫紙弄黑的手洗乾淨，為此感到充實。夕子的手寫單據會被一張張地送到管理部和倉儲部，一邊寫字一邊想像這些流程，為她帶來樂趣。依照簽核單位的不同，單據上會有不同印章的排列組合，程序本身並不複雜，但需要用點腦力，她也喜歡這個過程。看著資深前輩俐落地翻開單據，咚咚咚地在單子上蓋下需要用到的簽核印章，夕子覺得帥極了，總是讚嘆地看著她們流暢的手指動作。

不久後，公司成立了資訊部門，開始使用電腦統一管理，單據本也變薄了，依照不同目的分成不同顏色，簽核項目成為數字編號，好讓機器能夠讀取。所有流程都被簡化，單據變成任誰都能處理的簡單作業，夕子覺得工作樂趣被剝奪了。

回過神來，公司多了大型影印機，課長要人幫忙影印時都會說「幫我拿去Xerox一下」，但Xerox明明就是影印機的品牌名稱，他卻堅持這樣說。原本那臺必須微妙調整濃淡才能成功複印的藍圖式複印機被撤去地下室。印藍圖時需要用一種特殊的藥水浸透紙張，印出來時，紙還是溼的，公司裡的女同事會把紙張攤開放在辦公室，一邊啪吖啪吖地搧風，一邊晾乾，那個彷彿午後晒衣的悠哉景象再也不復見。當時有一位山川小姐，非常擅長藍圖複印，部長要交給客戶的文件，都會指名找她印。隨著藍圖式複印機被收進地下倉庫，夕子不禁感慨，山川小姐的精湛技術就這樣失傳了。

習慣使用日文打字機的女職員，必須從頭開始學習占據辦公室一半大的文書作業系統，因此陷入苦戰。從前的日文打字機，使用起來就像織布一樣，會喀噠喀噠地響，打字的人要挑揀出每個鉛字，輕巧地編織成一篇篇文章。印製在纖薄和紙上的鉛字極為優美，文書室裡的女子，一個個宛如民間故事裡悄然在夜裡織布的美麗白鶴；如今人人板起面孔，眼睛瞪著彷彿電視機的電腦螢幕。從印表機吐出來的紙，看起來少了幾分價值。公司的高層或許也有同感，所以有一段時期，唯獨社內報還是沿用舊式打字機處理，但是很快地就被電腦全面取代。

所有人都拚了命地學習新技術。起初，資深前輩們還會帶頭傳授各種技巧——這麼做比較容易讀、這麼做比較有效率、這麼做能讓大家工作更輕鬆；但從某一天起，傳承的線突然斷掉了。

在這個不分資歷，人人必須馬不停蹄學習新事物的職場，夕子再也感受不到工作樂趣。同事們以發洩壓力為由，假日相約去打網球或是滑雪，但自從夕子發現，這些活動只是想要認識對象的變相聯誼後，就再也沒興致參加了。

夕子身邊雖然不乏剛進公司就認識的老面孔，但回過神來，每個人都變了模樣——變得一臉和善、不再發脾氣，連愛罵人的部長和課長都判若兩人，說好聽是變圓融，說難聽只是做做表面功夫，敷衍過去罷了。這大概是因為，人們開始懂得算計，覺得生氣只會讓自己吃大虧。放眼望去，整個社會風氣都走向溫和的方向，所有人都害怕被別人討厭。

當中只有一位資深員工——總務課負責郵寄事務的加藤小姐，仍維持著老樣子，喜歡破口大罵地表達不滿。她會一封封地檢查信封，要是有人寫錯，就凶巴巴地打電話去他的部門痛罵一頓，叫對方過來拿回去重寫。除此之外，她也很計較時間，全公司的人應該都討厭加藤小姐。然而，加藤小姐不畏懼被討厭，她認為大家都不遵守規範是更恐怖的事情。坦白說，加藤小姐已經跟不上時代了。其他老人不再斥責新人，自己悄悄把錯誤改掉，只因為這麼做比較輕鬆，不會給自己找麻煩。但不只夕子因而受惠，其他員工也是多虧了加藤小姐的嚴格教導，才學會航空郵件的正確寫法。原先大家以為，唯有加藤小姐會一直在公司待到退休，怎知某天，她和一位年輕業務大吵一架，就這樣遞出辭呈。大家都在傳，她認為自己沒有做錯，但主管不站在她這一邊。加藤小姐辭職後，公司裡再也沒有人會斥責大家；員工在鬆口氣的同時，也感到惴惴不安。只是，沒人把這股不安說出口。

除此之外，街上的商品種類也增加了。從前同一種東西，附近店家只會進那一種，洗髮精永遠是最經典的品牌。現在上街，有琳瑯滿目的洗髮精供人挑選，人們熱衷於逛街購物，這也是夕子無法習慣的。每次去百貨公司，想要的物品清單就會增加，為她帶來不安。無論這次買的東西再好，下次去就會推出新產品，令人心慌不已。

這種不踏實的感覺在公司也相同。不知誰起的頭，中午吃完便當後，女孩們會慢慢拿出男友送的禮物，互相較勁。起初只是普通高級的點心盒，大夥裝模作樣地分著吃；漸漸地，拿出的禮物價格越發昂貴。當夕子看見一位後輩拿出Tiffany的銀項鍊大肆炫耀，腳下卻是一雙工作穿的、踩得破破爛爛的涼鞋時，深深感到待在這個虛假世界的自己相當可悲，心裡也產生了辭職的念頭。

想歸想，她卻難以提出辭呈。當時女性員工離職，多半都是「因為喜事而從公司畢業」，也就是所謂的結婚離職。她們會把剩下的年假都休完，在最後的上班日，換上華麗的振袖和服，四處問候道別，刻意翹起左手無名指，好讓全公司的人都看見上面戴的戒指，並在附近的西點鋪「Dahlia」訂好符合人數的草莓鮮奶油蛋糕，發給每一個人吃。

吵架離職的加藤小姐沒有休完年假，直到最後一天都認真與後輩交接，隔天穿著深藍套裝加白色領結的襯衫，來公司一一道別。就在大家含淚說「要保重喔」時，加藤小姐自己卻是一副神清氣爽的模樣。那天，夕子送了一條絲巾當餞別禮，她不想當著所有人的面前送，特地約加藤小姐到頂樓，交出了禮物。那是一條上面印著百合花，精心挑選的漂亮絲巾。加藤小姐很吃驚，第一次露出快哭的表情。從頂樓向下望，無數公司排列在一起，每一間公司都在邁向革新。

「加藤小姐，妳沒有做錯任何事。」

現在講也於事無補，但夕子覺得非說不可。所有人、所有公司都在改變，人們卻連自己正在改變都沒察覺。

加藤小姐對夕子說：「妳或許會感到意外，但我其實很喜歡這家公司，也喜歡自己的工作。」

「我知道。」

很明顯，看就知道了。夕子在心中說。

「但是，我可能無法喜歡下一間公司。」

加藤小姐說完笑了笑，露出落寞的表情。

由於兩人也不是特別要好，說完這些便不再多言，一起默默俯視城市裡的商業區。加藤小姐握著頂樓圍欄的手指意外纖細。數十年來，就是這雙手處理了公司所有的郵件包裹，喀沙喀沙地為大家蓋上郵資戳記。

「變成這樣不是我的本意。」加藤小姐低頭俯視街景說。

「可是，我們也只能做到這樣呀。」

加藤小姐回頭注視夕子——

「這就是活著，對吧。」

她看著天邊逐漸泛紅的雲彩，如此說道。

◌

已經許久沒人來談相親了，本來這次夕子的父母也不抱期待。所以，當夕子表示想嘗試看看時，兩人又驚又喜。事情便趁她還沒改變主意前迅速敲定。

因為那天，加藤小姐在臨別前說了一句話：「放心吧，世界不如妳所想的可怕。」

她用肯定的語氣輕鬆說道，還拍拍夕子的肩膀鼓勵她。

相親對象是一位二十七歲的氣象預報員，和母親相依為命，住在古老平房裡，聽說他的母親近日過世了。房子本身很老舊，沒什麼價值，但那塊地應該相當值錢。有那麼多坪數，可以蓋一棟像樣的大樓吧。母親滔滔不絕地說著，明明還沒實際見過面，卻已經擅自想像到這麼遠。

媒人說，現在相親，讓年輕人單獨見面比較好喔，所以這次沒有閒雜人等加入。相親的對象寺山連太郎，和她約了在有樂町的數寄屋橋碰面。

「跟〈請問芳名〉一樣呢」，母親聽了很高興，一頭熱地介紹「這是從前流行過的愛情連續劇喔，故事講一對擦身而過的男女，在數寄屋橋上邂逅」。實際上來赴約的，是一位高個駝背、感覺身體僵硬的青年。

青年開口第一句就是「對不起，我是這麼無趣的人」，但夕子覺得這個人的動作和談吐很溫暖，甚至是有趣。兩人在咖啡館坐了一下，然後去畫廊繞了兩圈，中間隨意聊著興趣、工作及家人的話題。走進銀座的洋食屋、點了炸肉排後，連太郎突然「啊」了一聲，夕子詫異抬頭，見他聞了聞自己的身體。

「抱歉，我昨天忘了洗澡。」

他似乎現在才想起這件事，萬分緊張。

夕子倒認為，會在吃飯前坦承忘了洗澡的人，感覺更像是愛乾淨的人。從連太郎身上，完全看不到器量狹小、令人看不下去的缺點。

於是她跟母親說，想試著交往。母親馬上興奮道，很好、很好，沒有婆婆、沒有一堆親戚家人，但是有土地和房子！妳以後不會再遇到這麼好的婚事啦！就算他的薪水低一點，再要求得更多，可是會遭報應的！家裡一知道夕子對相親對象有好感，頓時歡天喜地，母親更是卯起來張羅各種大小事，認為錢就是要花在刀口上。

怎知才過沒幾天，她就勸夕子死了這條心。聽說母親跑去找了一位非常靈驗的算命師，想看女兒適不適合這個相親對象。

「結果算命師說，那個人命盤不好呢。」

之前還那樣眉飛色舞的母親，皺起了眉頭，壓低音量。

「聽說他自己的命相當硬，但身邊的人都會早死。」

「胡說八道！」

父親放下看到一半的報紙，站了起來。

「夕子喜歡他，這不就好了嗎？」

說完，他把棋盤拉出來，繼續昨天沒下完的棋路。

「可是還是會擔心嘛，那個算命師連瓦斯氣爆都算得出來呢。」

母親一面收拾碗盤，一面看著父親。

「一定還有其他更好的對象啦。」

說著，她把碗裡剩下一口的小芋頭放進嘴裡。

夕子想要反駁，卻頓時說不出話。

「還是拒絕吧。」

母親咬碎芋頭說。父親抬起頭，動怒了。

「不准再胡說八道！」

◌

結果，母親似乎真的跑去推掉了這門親事，在那之後，連太郎失去音訊。徹子只收到一張應該是在被拒之前寄出的風景明信片，從此連太郎不再捎來聯繫。

他在媽媽去世後才想到要結婚，一定是想圖方便，把妳當傭人使喚！母親一改先前態度，說起了連太郎的壞話。而夕子也沒有想結婚到願意反抗母親，所以也就不再提起。

工作上，熟悉了公司引進的新系統後，空閒時間變多了。沒辦法，她只能多花一點時間，慢慢把印章蓋在信封上。課長時常為了招待外國客戶而焦頭爛額，此刻，他正在打電話預約藝妓表演，對著部長大喊：「問你喔，表演精湛的老藝妓與不會表演的年輕藝妓，哪個好？」

「那還用問？當然要找年輕的啊。」

部長說完，與課長一同低俗大笑。

夕子一邊蓋印章一邊聽，突然間，眼淚就掉了下來，自己也慌了手腳。

這是她進公司以來，第一次出現死亡感應。

她三步併作兩步衝進茶水間，努力憋住淚水。前輩擔心地跑來看她，她只能撒謊：「抱歉，我牙齒痛。」

前輩很貼心，馬上回答：「明白，我幫妳去跟課長說，今天先回家吧。」說完，從冰箱冷凍庫拿出冰塊，裝進塑膠袋裡，用毛巾包好，拿給她冰敷臉頰。去更衣室準備換衣服回家時，前輩再次走來，給了她從醫務室要來的止痛藥，溫柔地安慰還在哭泣的她說：「今天必須完成的工作我會處理，妳什麼都不用擔心。」大概是眼淚流得太凶太急，前輩以為她真的很痛吧。夕子在心中道歉，離開了辦公大樓。午休時間剛結束，商業區恢復了寂寥，路上只見到鴿子。走到橋上，微風從河面吹來，非常舒服。即便如此，夕子的眼淚依舊沒停，想到回家還得跟家人解釋哭泣的原因就很麻煩；但若是繼續待在橋上，被當成是想不開的人也很不妙，她決定繼續往前走，心中暗暗祈禱不是有人即將死去。忽然間，一個念頭掠過心頭——萬一寺山先生出事了怎麼辦？光想到這個可能，她就嚇得差點停止呼吸，全身震顫。不要、不要，千萬不要是他！這是夕子生平第一次產生如此強烈的感情。明明還不確定是連太郎出事，她卻一顆心七上八下，想要急著確認狀況。問題是，她不知道對方的公司電話，雖然可以詢問查號臺，但她沒有勇氣貿然打電話確認對方是否平安。如果是本人毫無異狀地接起電話，又要如何解釋才好？

就在她煩惱時，想起了連太郎寄來的風景明信片。那是他去長野出差時寄的，有水芭蕉照片的漂亮明信片，上面寫滿了跟天氣有關的話題。夕子把它當作書籤使用，現在應該還放在隨身包裡。

她打算循著連太郎工整留下的地址，去他家確認情形。第六感告訴她，至少在自己流淚的期間，對方還活著；同時也想，或許自己可以救他一命。儘管毫無根據，但她就是有這種直覺，還特地跑去書店買了地圖，確認了上下車的車站。夕子是第一次做這種事，連地圖怎麼看都不知道，路上請教了看起來正在跑業務的上班族教她如何看地圖，終於找到地址附近，探頭尋找是哪一戶人家。

人們看見一個女孩子流著淚找路，都親切地上前幫忙。真可憐，一定是發生了什麼事——站務員和商店街的歐巴桑大概都這麼想，仔細地告訴她路要怎麼走。夕子彎進大家為她指路的小巷，背後彷彿傳來加藤小姐的鼓勵聲。

——放心吧，世界不如妳所想的可怕。

回過神來，她發現自己緊緊抓著前輩給的止痛藥。

寺山連太郎的家，是一棟錯落在兩三樓透天厝當中的古老平房。母親說占地七十坪大，但其中有一半是院子，院子裡有一棵高大的銀杏樹。

「有人在家嗎——？」

夕子試著呼喊。想當然，這個時間沒人在家。儘管覺得不太禮貌，她還是輕輕推開大門，走進院子裡。

玄關的鎖是現在已無人使用的老舊樣式，整棟屋子闃寂無聲。她才想到，連太郎獨自住在這裡，一定很寂寞。

夕子在院子裡等了一會。因為淚水還沒有停歇的跡象，她盡可能地挨近銀杏樹，避免惹來鄰居閒言閒語，一邊祈禱連太郎平安無事地回來，一邊屏息等待。蹲在院子裡抬頭望，能感到屋子的壯觀，同時也不免遺憾。夕子一看便知，這是連太郎去世的母親細心整頓的屋子；在這位母親之前，還有上一位母親悉心照料。如同從前公司裡的傳統習俗，這棟老屋裡，一定也有許多需要留意的地方，需由上一代傳承給下一代。如今這些傳承也會中斷嗎？如同附近的其他新屋，被新建築所取代嗎？有一天，這棵美麗的銀杏樹也會消失嗎？倘若如此，也太教人寂寞了吧。她突然想，多麼希望寺山先生平安無事啊，如此一來，自己就能繼續守護這棟屋子了。如果是這裡，她覺得自己可以繼續活下去。母親雖說，她嫁來這裡會早死，但這會是損失嗎？勉強自己在一個虛假、令人目不忍視的世界活下去，才是真正的損失吧？如今在公司混吃等死的自己，才是最教人看不下去的吧？

倏忽之間，她彷彿看見自己在這裡，一顆顆地撿拾掉落的銀杏果實、拿去沖水清洗的模樣。一面閉氣忍受銀杏臭味，一面用清水篩洗銀杏的自己，看起來多麼幸福。夕子在仍充滿蓊鬱綠意的銀杏樹下馳騁思緒，突然間，眼淚就這樣止住了。

她下意識地覺得有人去世了。是誰？難道是寺山先生嗎？正思及此，大門傳來推開的聲音，有人進來了。她趕緊起身察看，發現是低頭摸索包包尋找鑰匙的連太郎。

連太郎感覺到旁邊有人，往院子探頭一瞧，看見夕子站在銀杏樹下，頓時訝異到說不出話。

「妳怎麼跑來啦？」

他好不容易發出聲音。夕子哭紅了眼佇立著，一時間也不知如何說明，乾脆實話實說。

「我以為你死了。」

連太郎呆若木雞地望著夕子。

「妳說我嗎？」

他確認道。看見夕子頷首，他沉思了一下，開口：「哎——真的嗎？」

他搔搔頭說：「老實說，稍早之前，我真的有想過。」

母親去世，婚事又被夕子小姐拒絕，就在內心感到徬徨無助時，工作上又犯了錯，所以才會有點自暴自棄，抱歉啊。

他不知為何向夕子道歉，接著說：「不過，那樣的念頭就只有短短一瞬間。」

連太郎急忙解釋，拿出鑰匙準備開門，說道：「總不能一直站在外面，進來坐吧。」

他顯得手忙腳亂，一連試了幾次，鑰匙都沒能插入鎖孔。

未婚女子似乎不該踏入獨居的男人家，夕子猶豫著，但她實在太想看看屋子裡面，於是不敵好奇心的誘惑，跟著連太郎走進屋裡。

明明要她進來坐，當她準備要踏上走廊時，連太郎又說：「啊——怎麼辦，我還沒打掃，真抱歉。也許會弄髒妳的襪子，抱歉啊。」

他急急忙忙尋找拖鞋，但沒有找到，最後只好不小心說了：「妳直接穿鞋進來吧。」

當然，夕子還是有好好脫下鞋子，小心翼翼地進屋。裡面跟她想的一樣，雖然是棟老房子，但是經年累月都有好好打理，看起來相當舒適，完全能繼續住人。

「屋子整理得很好呢。」

夕子感嘆道。

「馬馬虎虎啦，冷風會從縫隙灌進來，門不好推開，室內的光線也不太好。」

連太郎忙著四處開窗通風、揮舞坐墊讓空氣流通，勤奮地忙進忙出。

從和室望見的銀杏樹蔚為壯觀。這裡擁有不變的事物。夕子感覺自己的心慢慢取回平靜。

「很棒呀，可以跟這麼大的樹木一起變老，我都覺得羨慕了。」

夕子說完，連太郎回答：「我也很羨慕。」

他接著說，「我很羨慕可以跟妳一起變老的人啊——」說到一半，他似乎感到害羞，尾音緊張地揚起。

夕子的臉上寫著驚喜，問：「也就是說，我也可以住在這裡嗎？」

連太郎訝異地說：「不，可是，妳不是拒絕了嗎？」

「那是家母擅自推掉的。」

夕子決定把話說開，但是跳過算命師的事。相對地，她說出眼淚的祕密——我好像可以預知別人的死期。

連太郎先是「哦？」地嚇了一跳，接著說：「那些人會死，不是妳的錯，妳只是擁有感應能力。哎呀，就像有些人光用鼻子聞就知道要下雨，他們能聞到雨水的味道。這表示妳擁有超越常人的能力，一定是這樣。」

連太郎不時表達佩服，夕子聽了也覺得或許如此，心情輕鬆多了。

夕子這次莫名流淚後，經過了兩、三天，都沒聽見任何死訊。明明流了那麼多眼淚，竟然沒人去世，這還是生平頭一遭。她甚至想過，會不會這次死的是自己？也許，那個總是害怕與人接觸、想要孤獨終老的自己，真的死去了吧。

我還是想和寺山先生結婚。表明之後，就算母親哭泣要脅，也阻止不了女兒的牛脾氣，最後只能舉手投降。她還是不停口出惡言，最後只嘆氣留下一句：「唉——我是世界上最寂寞的女人。」

○

最後，夕子也走向結婚離職的道路。她既沒有著華麗和服，也沒有戴上大顆鑽戒。這幾年間，半數員工已不再炫耀，也不再有人為此說閒話。公司朝向多角化經營，創立了多家子公司，大部分的老同事和前輩都分派到新公司了，夕子無緣和最照顧自己的人道別。給她止痛藥的前輩已經轉調屬於派遣業的子公司，這個任職多年的職場，幾乎沒留下什麼美麗的事物了。夕子的心中已了無遺憾。

結婚次年，夕子產下一名男嬰。她期許兒子如同院子裡的大樹，成為一座永久不變的避風港，將他命名為一樹。接下來的日子過得相當忙碌，中間也有親人去世，但夕子不像從前一樣提前掉淚了。也可能是生活太忙，就算眼睛曾滲出眼淚也沒發現吧。

她喜歡趁忙完家事的下午，把一樹抱在腿上，凝視院子裡的銀杏樹。此時，她會有一種母子倆潛入樹裡的錯覺。如同自己和一樹之間沒有界線，兩人與院子的風景之間亦無界線，一切的外在事物都消失不見，有的就僅僅是存在，多麼不可思議的心境啊。不過，只要一樹開口說話，這種感覺便會消失。回過神來，自己成為了「媽媽」，一樹只要沒看見媽媽，就會全力哭叫。這件事雖然教人欣喜，但她也明白，自己再也不會和當時一樣，與一樹化作一體了。每當一樹指著一樣東西，得意地喊出它的名字，夕子一方面覺得可愛，同時也會些微失落。

儘管如此，光是整頓家務，便能讓夕子感到充滿幸福。年後要吃祈求健康的七草粥，立春前要撒豆祈福，隔天早晨看著小鳥飛來啄食豆子，感受春天的氣息，賞著櫻花熬煮草莓果醬。初夏嫩葉飄香時，把梅乾拿到緣廊晒，晒完收好，一次次反覆。七夕時用剪紙做出漂亮的銀河，令一樹驚奇眨眼，然後一起放煙火、吃西瓜、剝桃子。中秋煮紅豆做月見丸子，把栗子連皮熬成醬、裝進瓶子裡，撿拾銀杏清洗、剝開炒香，大夥一起吃。秋天掃著院子裡的金黃落葉，把晒好的大白菜放進橡木桶裡醃成醬菜。冬天在緣廊深吸一口冷空氣，讓心情平靜下來。趁著重新糊紙門時，和一樹一起爽快踢破老舊的紙門。在緣廊晒的棉被總是蓬鬆柔軟。嚴冬以薄薄的積雪做成雪兔，綴以南天竹的果實當作兔子的眼睛，還記得一樹好奇地用小手輕戳雪兔。生活裡光是有這些小事，就令夕子感到富足。

有幾年，全家因為連太郎的工作之故搬遷至東北，夕子的心情也為之一沉。在厚重鐵門深鎖的集合住宅，與三歲的一樹獨自待在家，夕子沒有其他事情可以做。她只能跟從前上班時一樣，慢吞吞地做家事打發時間。連太郎也跟她一樣悶，調任單位盡是折磨人心的規矩，無法按照自己喜歡的方式做事。有一回，他在同事的慫恿下走進小鋼珠店，中獎賺了一萬八千日圓，自此以後經常偷偷跑去賭錢。這不是連太郎第一次打小鋼珠，聽說母親生前住院時，他也經常在醫院附近的小鋼珠店流連忘返。在醫院等待的時間過於漫長，他說自己是男人，很多事情幫不上忙，便將母親留給媽媽家的阿姨照顧，去打小鋼珠透透氣，結果染上了惡習，很快就把錢通通賭光。他其實不是想贏，而是害怕遊戲結束。醫師說，母親只剩一個月的時間，他只能每天空虛地數日子。

母親離開後，他不用再上醫院，也因此不再踏入小鋼珠店。但在某些時刻，他會陷入類似母親住院時的無助心境，並且想打小鋼珠來轉移注意力。他害怕的是一切就這樣不由分說地結束，那會令他有一種無論做什麼都沒用的絕望感。這種時候，他只想不停把小鋼珠打出去。機臺的玻璃上朦朧倒映出自己窩囊的身影，更加覺得自己只有這裡能待了。只要中獎，我就能安然無事地繼續過下去——就是這樣的心情吧。

夕子並不了解連太郎的心情，只知道再這樣下去，會失去兩人好不容易得來的安穩生活。早在存摺簿上的餘額見底之前，連太郎的眼睛、耳朵和舌頭就變得麻木不仁，無論看見什麼、吃了什麼、聽見什麼，都幾乎沒反應。即便如此，夕子依舊相信，只要他們回到那座有銀杏樹守望的院子，就能重拾原來的生活。怎知某天假日，晚起吃著早餐的連太郎竟說，那棟屋子太破舊，不如賣了，在公司附近買一間新的大樓套房。夕子聽了感到無比絕望。他可能只是剛好看見夾在報紙裡的廣告傳單，隨口說說罷了。夕子沒有正面回應，只說這間房子好熱呀，而連太郎已沒有多餘的心思察看夕子的臉色。夕子看著連太郎身穿慢跑服，手拿團扇猛搧的模樣，覺得眼前的男人令她目不忍視。她對於產生這樣想法的自己感到可悲，久違地潸潸落淚。為了不被人看見，她偷偷躲在浴室哭，一面心想：不行，再這樣哭下去，又會有人過世，但想停卻停不下來。絕對不能是連太郎或一樹，有種衝著自己來！夕子如此下定決心後，終於自然地止住淚水。

隔天，她用平靜的語氣，對比平時早回家的連太郎說：「你再不戒賭，就一刀刺向我的脖子。」

同時遞出家裡的菜刀。

大概是反射動作吧，連太郎順勢握住她遞出的菜刀，定住不動，凝視著平時根本不會盯著看、夕子裸露的雪白頸項。年幼的一樹似乎察覺氣氛不對，咬了連太郎的腳一口，才讓他恢復神智，把菜刀放在流理臺。廚房面向西邊，夕陽從窗外照進來。

「我不會再去了。」連太郎故作開朗地說。在那之後也信守承諾，一輩子不曾再踏入小鋼珠店。

之前說要賣掉老家的事也不是認真的，幾年後，他們順利搬回有銀杏樹守護的屋子。

從此以後，夕子幾乎不再落淚，只有一次例外。她從銀杏掉落的時節，一路哭到當年結束，誇張到連太郎和一樹都快失去耐性。年後正逢一樹十四歲，關西發生了大地震[16]，電視新聞不停播著相關報導，直到那一刻，夕子才停止哭泣，從早到晚盯著電視機畫面，無法思考。直升機空拍著城市被燒盡的畫面，剛開始只有十人的死亡數字，漸漸變成數十人、數百人、數千人，不停往上跳。夕子總算明白落淚的原因。儘管明白，但想到自己哭了這麼久，卻一點忙都沒幫上，她就覺得難過。有這麼多人死去了，自己卻只會哭，現在依然苟活著。

「這不是夕子妳的錯。」

連太郎和當初在院子裡相遇時一樣，溫柔地安慰她。

16 注：發生於一九九五年一月十七日清晨的阪神大地震，造成六千多人死亡、四萬多人受傷，多達三十二萬人需要住在組合屋。

○

回顧此生，自己什麼也做不好。得知自己罹患不治之症，而且已經相當嚴重時，夕子如此思忖。儘管不為自己的死感到難過，但她也不禁想，這樣的人生，真是虎頭蛇尾呀。然而，若問她要做什麼才能圓滿了結，她也不甚明白。

明年一樹就要讀高中了，不需要太擔心。連太郎也會好好把人生過完的。可是，自己究竟為何來到這個世界上？想到這個問題，她的內心便躁動不安，抗拒著死亡。

人生不會再有更好的事情發生了。所有的幸福時刻，她都在那棟屋子裡，一遍遍地體驗過無數次了。儘管如此，內心依然躁動不已。

「要不要回家？」

那天，連太郎詢問病房裡的夕子。

「咦？可以回家嗎？」

她訝異反問。

「也有在家療養的方法。我認真研究過了，很厲害吧？」

連太郎洋洋得意道。

◌

他們在欣賞銀杏樹視野最好的位置，架設了租借的居家照護病床。夕子擔心會壓壞榻榻米，被一樹笑說「媽，妳太小氣了」。

醫院介紹的家庭醫師是一位和夕子同齡的女醫師，兩人很投緣，兒時看的電視節目也大同小異，她還跟夕子說了當年演特攝英雄的演員後來的小道消息。

「印象中，赤影[17]還去當了魚販呢。」

家訪的護士一週只來家中兩次，起初害怕使用抽痰機的連太郎，也漸漸地熟能生巧，還會臭屁地說，我以後乾脆去當護理師吧。

如同夕子悉心照料這個家，連太郎和一樹也用細心與慈愛照顧著她。庭院的銀杏已經開始落下果實，豎起耳朵能聽見遠方傳來孩子的哭泣聲。驀地，夕子想到，此刻也許正有某個人，為自己的死，流下哀悼的眼淚吧。尋思至此，她的心得到慰藉，逐漸平靜，不再騷動不安了。原來自己之前流下的眼淚，也是在撫慰某個將死之人、幫助他們獲得平靜啊。

我此生何其有幸，能落腳此處。她想。夕暮時分，夕子對著挺拔的銀杏樹低語。如今，自己與銀杏樹的界線已然模糊，在世上的名稱將盡數消除。從前抱著一樹眺望院子的奇妙感受又回來了，彷彿借出去的東西全數獲得歸還，心情甚至感到暢快。

恍惚之中，耳邊響起加藤小姐從前的話語。

——放心吧，世界不如妳所想的可怕。

果真如此啊，加藤小姐。夕子想到接下來只需看著金光照耀的院子，就覺得這一生過得好奢侈、好幸福啊。

17 注：一九六七年—一九六八年播出的特攝節目《假面忍者　赤影》，改編自橫山光輝的忍者漫畫。演員為坂口祐三郎，大家都直接叫他「赤影」。

男子聚會

「我是寺山。」

門外傳來聲音，岩井瞬間慌張地想「是誰？」。當然，他知道「寺山」是徹子家的姓，但時間這麼晚了，突然聽見男人的聲音，而且感覺有點年紀，他一時之間無法聯想。

由於岩井沒有回應，門外的男性再次出聲：「我是寺山連太郎。」

他這次報上了全名，卻令岩井更加混亂了。對方大概也是吧，急忙用慌張的聲音補充道：「我是公公啦，徹子的公公。」

岩井總算會意過來：「啊！徹子的公公！」

開門一看，公公拿著旅行包、身穿外套站在門口，看起來像是剛出差回來嗎？不僅如此，他的腳邊還放著好幾個瓦楞紙箱，令人懷疑是怎麼搬來的。

「方便打擾一下嗎？」

公公伸長脖子往裡瞧。

「可以是可以……」

岩井還搞不清楚狀況，公公就說「抱歉啊」，擅自把紙箱搬進狹窄的玄關。由於數量頗多，岩井也打赤腳走出去幫忙。箱子不是普通的重，他問：「這是什麼？」

「哦，水啊。」

公公理所當然似地邊搬邊答。

全部搬進去後，玄關被裝了礦泉水的紙箱塞滿，公公勉強側身進入屋內。接著，他脫下外套，跪坐下來，把外套摺好。

「您怎麼會這個時間跑來？」

時間已近晚上十一點，實在不是迄今只見過四次面的人會登門拜訪的時間，而且其中兩次只有點頭致意，連話都沒說；另外兩次是在公公家和居酒屋，跟徹子一起三人用了餐，當時也沒有聊得特別投機，只是默默喝酒而已。

「您剛出差回來嗎？」

岩井看著行李問。

「啊——」公公摸了摸自己的包包。

「其實，我離家出走了。」

說完之後，他似乎覺得輕鬆多了，用演戲般的誇張動作，把額頭貼在榻榻米上。

「可以讓我借住一晚嗎？」

他低伏著頭，聲音悶悶地說。

「等等，離家出走是……」

岩井大吃一驚，就這樣說不出話。

公公抬起頭。

「原因嗎？你想問原因，對吧？」

他似乎想說什麼，但無法說清楚，抓了抓頭又安靜下來。

總之，我來的事要對徹子保密——公公欲言又止地表示。儘管不知道原因，但畢竟時間也晚了，岩井就先讓他住下來，努力從壁櫥中拉出母親硬是寄來放的客用棉被組，公公迅速裝起枕套和被單，對他說：「這裡交給我吧。」

岩井便恭敬不如從命，把鋪床的任務交給客人，自己跑去樓下便利商店買啤酒。

當天夜裡，兩人一起喝了啤酒，有一搭沒一搭地聊著。到頭來，公公還是沒說自己離家出走的原因，岩井睜開眼睛時，天已經亮了，公公也去上班了。棉被已經整齊地收進壁櫥，然而大件行李還留在屋裡，看來他應該打算繼續住下來。

岩井一到公司，馬上跑去察看徹子的狀況，她和平時一樣，皺眉坐在電腦前，一面用原子筆搔頭，乍看並無異狀。徹子起身時發現了岩井，湊上來問：「你來這裡做什麼？」

她的表情既不沮喪，也沒有發脾氣。

就在岩井思索該從何問起時，徹子主動壓低聲音，對他說：「公公離家出走了。」

這正是岩井想問的，他忍不住開口：「什麼？」

「而且啊——」徹子把聲音壓得更低。

「他好像跑去女人家了。」

岩井的嘴巴露出「蛤？」的形狀，即時忍住沒大叫。

「我聽見他在悄悄講電話，對象一定是女人，似乎遇到什麼麻煩，公公跟她說，這件事就交給我吧。」

岩井想起那些紙箱。出門的時候，礦泉水還堆放在玄關。

「掛斷電話後，他感覺莫名起勁，進浴室洗澡時還練起了肩胛骨呢。」

「為什麼是肩胛骨？」

「我怎麼知道？大概是從哪聽來的伸展操，可以變年輕之類的吧？」

「他離家出走多久了？」

「今天是第二天，手機會響，但他不肯接，我有留言給他，沒回。」

「女人啊。」

就在岩井發自內心佩服時——

「萬一被壞女人騙走了錢，最後一個弄不好，因為金錢糾紛被殺掉了怎麼辦？」

徹子的表情看不出是認真的，還是開玩笑。

「這倒是不用擔心。」

岩井說完才發現自己說得太肯定，怕徹子看出端倪，但她似乎沒在聽。

「如果現在就去報警，好像太誇張？」

這次徹子用認真的臉孔注視岩井，岩井覺得她有求於己，反射性地說：

「明白了，這件事就交給我吧！」

徹子眉頭一皺。

「你說了跟公公一樣的話。」

原來公公也是被女人示弱，就會得意忘形的人啊——岩井想像了一下那個畫面。

儘管語氣帶著嫌棄，但徹子似乎很感激岩井願意幫忙。

「不過，太好了，只有我自己一個人，實在不知道該怎麼辦。」

感覺她鬆了一口氣，想必心裡其實很緊張吧。看到她的模樣，岩井也拿出幹勁。

「我很擅長這一類，應該很快就能問出他的消息。」

這一類究竟是哪一類，說的人自己也不清楚，總之，他抬頭挺胸地說，盡可能表現出可靠男人的模樣。此刻他仍以為，只要說服公公回家就沒事了。

然而，事情不如岩井所想的那麼簡單。

回家之後，裝水的紙箱已經被搬進屋子深處，玄關被某件大而平坦的物體占據，貨物經過層層捆包，直立在牆面。

「這是什麼？」

走進屋裡一看，客廳裡竟然囂張地堆著四件大到可以裝進好幾個人的大型貨物。

「這是怎樣！」

岩井這次喊出來，只見公公從大型貨物之間探出頭——

「對不起。」

他驚慌地道歉，聲音聽起來很無奈。

「我也沒想到東西寄來這麼大。」

「裡面是什麼？」

「家具。」

「家具？」

岩井聽不懂意思，反問之後，公公指著玄關平坦的物體說：「桌子。」然後指著包圍自己的四件貨物說：「收納櫃、餐具櫃、椅子、椅子。」

「這些東西，是要幹麼的？」

「唉，好問題。」

公公垂下脖子，再次被家具埋住。

「總之、總之呢，您先告訴我是怎麼一回事吧。」岩井說。

「我們去寬敞一點的地方說。」

公公窸窸窣窣地從貨物之間鑽出來，一臉口渴地咕噥著「好想喝啤酒啊」，於是兩人前往附近的「串烤阿源」報到，在那裡慢慢說明來龍去脈。如同徹子的猜測，為公公——或者該說為岩井帶來這場災難的元兇，真的是女人。

聽說那名女子最近開了一家北歐家具店。

「她年紀輕輕就自己當老闆，雖然自稱年齡快要奔四，但猛一看像二十幾歲吧？」

公公語尾飛揚。他在一個多月前開始上的書法教室認識對方，兩人一起搭電車回家，女方遇到任何事情需要商量，例如工作上的煩惱等等，都會找公公聊。公公也聽她說了最近跟男友分手的事，順勢安慰她。

「然後啊……」

說到這裡，公公靜下來，抱住了頭。

「她說，想和我單獨去旅行。」

公公說話時把頭埋在手臂下。

「旅行？」

「溫泉旅行。」

「哦──溫泉啊。」

公公抬起頭，像是在慢慢回想每一個細節。

「雖說是溫泉旅行，但是那間旅館非常時髦，房裡有放爵士樂，還有西式的床，旁邊卻絲毫不衝突地鋪著榻榻米，這應該算什麼風格呢？」

「日式摩登嗎？」

「哦哦，還真有這種風格啊。然後，每間房裡都有附露天澡堂，用的還是透明玻璃，從房間就能看見外面的冬日景色，積著白雪的樹枝隨風搖曳，不時叩叩叩地敲打窗戶。」

察覺岩井僵直不動地聽著，公公趕緊澄清。

「別誤會，我先說清楚，我什麼也沒做。」

岩井緩緩問出心裡的疑問——

「我有點聽不懂，您說，一開始，她找您商量了許多事？」

「對。」

「接著話題變成要去溫泉旅行？」

「嗯。」

「一般來說，很難突然跨越這條界線吧？」

「嗯，沒錯。」

「但是，她找您商量之後，你們接著就去泡溫泉？」

「嗯，就是這樣。」

「這中間跳太快，我有點不明白。」

「不會，我懂。」

公公探出身體強調——我懂你想說什麼。

「通常，我們不會認為這種好事會降臨在自己身上，我也是啊。可是啊，世上就是有些人特別吃得開，不是嗎？我不敢說百分之百不會發生，但如果是百分之二的機率的話，就算是我們偶爾還是會遇到這種好事的，對吧？」

「嗯——大概吧。」

「所以我想，該不會，我真的遇到那百分之二的好運氣吧？」

「啊——」

岩井現在才想通，覺得自己腦筋真遲鈍。

「老實說，我也記得不是很清楚，印象裡，對方不停說著前男友的壞話，我只是嗯嗯啊啊地回應，偶爾說一句『這是他的錯』，聊著聊著就變成兩人要去溫泉旅行了。」

「所以，你們真的一起去旅行了。」

「去了啊。」

公公垂頭喪氣，盯著名為「阿源特製」的巨大烤雞肉串——

「我完全栽進去了。」他嘆氣說。

「好，那，這些水是怎麼回事？」

岩井催他說下去。

「水是後來發生的事，首先是家具。」

公公回視岩井，點了個頭。

抵達溫泉旅館後，就在他心想，「好，來度假吧！」的時候，女人突然哇——地一聲大哭起來。公公說，那是不太妙的哭法，跟他死去的妻子太像了。

「只要有人在我面前痛哭，我就會對那個人產生親近感。」

就在他忙著替女人拍背倒水時，她突然抬起頭——

「再這樣下去，我的店會倒閉的嗚～這個月的倉儲費也付不出來嗚～」

她抓住公公求救。

要我先借妳錢嗎？公公問，對方哭說這樣不好；類似的對話重複了幾遍之後，公公也傷腦筋地說，這下該怎麼辦呢？

對方突然說，你幫我把家具都買下來吧！儘管覺得荒謬，但他看見女人哭就心軟，說好吧我買、我買下來就沒事了——這樣安慰她。

徹子曾經挖苦岩井，男人是種只要能安撫現況，就會隨口答應下來的生物呢。公公完全就是她口中說的那種人。

「所以，屋子裡的這些東西，全是您買下來的？」

公公點點頭，兀自感慨著：「接下來，事情進展得飛快啊。」

女人希望盡早擺脫危機，說要立刻回店裡辦手續。

公公說，不用這麼急吧，回程時順道去妳的辦公室一趟不就好了嗎？但她堅持就是現在，一定要好好把心頭上懸著的事情解決，再來兩人一起悠閒地泡溫泉，就這樣反覆吵鬧，結果兩人才剛到旅館沒多久，又立刻折返。

「不會吧？」

岩井聽到傻眼，但公公點頭肯定，說女人接著拿出家具型錄，「這個、那個」地比來比去，推薦他買了五件家具，裡面全是僅限一件的高級古董家具，比公公原先想的貴上好幾倍。

「您沒親眼看到家具嗎？」

「沒有，那間辦公室裡什麼都沒有，只有一臺電話和刷卡機，我就一次結清了。」

「一次結清……」

想必是說不出口要分期吧，岩井深感同情。

「那，您一共付了多少錢？」

岩井問，但公公似乎唯獨不想說金額，支支吾吾一陣後，依舊沒說出來。大概是後悔到說不出口的龐大金額吧。

「可是，總不能寄到家裡，對吧？」

就是說啊，岩井心想，如果自己是公公，還真不知能在徹子面前找什麼藉口。

「所以，我就趕緊留了你家地址。」

公公把徹子收到的所有賀年卡地址，都一絲不苟地抄在記事本上，以備不時之需。

「這次真的派上用場了。」他搔頭說。

「怎麼這樣——」岩井發出哀號。

「果然不妙嗎。」公公說得一副事不關己，然後低頭說：「抱歉。」

「這下怎麼辦？」

公公似乎也不知道下一步路，話說到這裡，崩潰地抱頭發出「嗚！」、「啊——」呻吟，失去了語言能力。

「水又是怎麼一回事？」

岩井想起這件事，追問道，公公聽見「水」，緩緩抬起身體。

「這也是對方的話術。」

公公怨恨地瞪著天花板。

「她說，平時不會有男人來，要我幫她順道買水回來，我就被她叫去買水了。」

因為大樓沒有電梯——公公一聽，覺得一個女人家真辛苦啊，就傻傻按照指示，跑去買了三大箱的水，然後可想而知地搬不動，還跟居酒屋借了手推車，把水運到大樓門口，再跑去歸還手推車、返回原處，這次憑藉實力，一箱一箱地搬上去——多麼英勇的故事。

「誰知道接下來——」

大概是喝了酒的關係，公公雙眼空洞，盯著一個點。

「根本沒有那間辦公室。」

應該是辦公室的位置，掛著其他公司的門牌，大門深鎖。

公公以為自己記錯樓層，還跑去其他樓層察看，但每一間都不對，女人的辦公室就這樣突然消失了。

「這是詐騙吧！」岩井憤慨地說。

「對，就是詐騙。」

「那，您報警了嗎？」

「不，關於這件事呢……」

公公極力表示，正因為情況特殊，所以他想要相信對方。也許女人已經先回去溫泉旅館了也說不定。

「哪有可能啦！」

「對吧？對吧……我現在也這麼想。」

可是，他當時不這麼想，把水暫放在車站的寄物櫃，光是為了做這件事就弄得筋疲力盡，全身虛脫地轉乘火車回到溫泉旅館。

「那個女人一定不在吧？」

「對，不在。」

於是，他在女人訂的時髦旅館，自己泡了露天溫泉、自己吃了豪華套餐、自己睡了覺、自己吃完早餐。

因為有了這麼一大段時間沉澱思考，他終於明白自己被騙了。

「可是，她真的把家具寄來了，這樣算是詐騙嗎？」

面對岩井的問題，公公只能縮起肩膀說：「很奇怪吧？」

岩井跟店員要了燒酌兌熱水，公公則加點啤酒續杯。該喝的東西喝完了、該說的話也說完了，兩人注視著眼前的空杯，閒閒無事地發呆。

「今晚怎麼辦？」

最後是岩井開口問。

「今晚怎麼了？」

「我們要睡哪裡啊。」

「噢——」

確實，岩井家這麼小，現在塞滿了貨物，連鋪一張棉被的空間都不夠。

「總之，我先回家吧。」

公公思考半晌，做出結論。

「那我呢？我該怎麼辦？」

岩井慌張地問。

「跟我一起回家啊，住我家不就解決了？」

公公若無其事地說。岩井已經到了睡網咖會腰痠背痛的年紀，只好接受了這樣的提議。接著，兩人一起思考要用什麼方式騙過徹子。

「徹子已經嗅到事情可能跟女人有關。」岩井說。

「這樣不行，我們得想想辦法。」

急歸急，但微醺的腦袋實在想不出什麼對策，這樣也不對、那樣也不行，眼看末班車即將發車，兩人還沒討論出定論，只好先返回岩井的住處，換上西裝、拿起公事包，再飛奔去趕電車。

兩人最後決定，就當成是岩井找到了公公、把他帶回家。開鎖推開家門時，徹子還醒著，看見岩井真把公公帶回來，嚇了一跳。

徹子身上穿了好幾件衣服，整個人看起來圓滾滾的，一面為他們打開暖爐，一面開口。

「你是怎麼找到的？」

「你住在哪裡？」

徹子同時質問他們。連這麼簡單的問題，兩人都嚇得回答不出來。最後是岩井針對問自己的模糊問題，努力瞎扯，公公在旁附和「對、對，就是這樣」。

然而，岩井十分不會說謊，徹子又問得鉅細靡遺，最後為了讓事情兜得攏，不知怎地變成了「公公暫時喪失記憶」這種一聽就像騙人的設定。

「咦——這樣沒問題嗎？要不要去醫院檢查？」

徹子表示憂心。

「不、不用啦，聽說這種情形很常見。」

兩人心頭一驚，拚命找藉口搪塞過去。

「不過，太好了，幸好不是被女人騙呢。」

徹子最後陰森森地吐出這句話，公公和岩井瞬間凍結。徹子從他們身旁走過去，快速地鋪起棉被。留下岩井和公公面面相覷，為彼此的拙劣演技嘆氣。

公公的房間裡，整齊排放了兩個枕頭，兩人終於能好好鑽進被窩休息了。岩井望著陌生的天花板說：「結果，我們一件事也沒解決。」

他們的確討論了很久，但貨物依然堆在岩井家，兩人還對徹子撒了謊，使事情變得更加複雜。

「無計可施就是指這種狀況啊——」

公公感慨地喃喃自語。總覺得這一天過得特別漫長。

「如果岩井老弟可以把徹子娶回家，那些東西剛好用來當嫁妝，事情就能圓滿收場了啊。」

公公用岩井能聽見的音量自言自語。但世上沒有人會為了這種事情結婚；再說，徹子不會默默接受自己不喜歡的家具的——想歸想，岩井決定當作沒聽見，假裝自己睡著了，公公卻又不死心地說：「我覺得這是個好主意呢。」

於是岩井只好開始假裝打呼，然後還真的睡著了。

公公實在難以成眠，岩井一打呼，他就用力嘆氣，兩者形成絕妙的節奏。明明無計可施，思緒卻在腦中轉來轉去、混雜在一起，黎明前，他在半夢半醒間說了一句：「溫泉蛋……」

聲音就這樣越來越小，他才終於沉入夢鄉。

○

公公家的早餐竟是西式吐司。從日式老屋的氛圍來看，岩井還以為一定是吃白飯加味噌湯。

「哪可能弄得那麼麻煩啊。」

徹子端來馬克杯說。公公在瓦斯爐上架上烤網，直接烤起麵包，還洋洋得意地說，這是烤吐司專用的金屬烤網，是我在京都買的喔。只見他一邊留意麵包的火侯，一邊沖咖啡，徹子在他旁邊削蘋果。兩人的動作極為熟練、沒有絲毫多餘之處，岩井想要趁隙幫忙，卻被徹子趕去旁邊。

「別在這裡礙手礙腳，去那邊坐著看報紙。」

在餐桌前坐下吃早餐時，岩井發現只有自己的餐具長得不一樣，應該是客用餐具。雖說是理所當然，但他還是不免落寞。

徹子靜靜遞出海苔醬和奶油刀，公公把海苔醬啪答啪答地塗在已經抹了奶油的吐司上；徹子做著她自己的事，一邊看電視，一邊把海膽泥塗在麵包上。岩井嚼著麵包注視兩人，覺得眼前的畫面像極了一對老夫老妻的早餐風景。

岩井望著庭院，吃著遲來的早餐，覺得自己彷彿是來旅行的。他慢慢地花時間吃完早餐，見到公公開始整理院子，徹子用自己的步調開始收拾杯盤。

「那個，交給我洗吧。」

他畏首畏尾地指著徹子正想端走的餐具。

「那就麻煩你囉。」

徹子把疊上餐具的托盤交給岩井後，逕自走出去，從洗衣機裡拿出洗好的衣物。

回過神來，徹子已經走下院子，在拔草的公公身旁晾起衣服，把上衣啪啪攤開，掛在晒衣架上。從昏暗的室內望過去，屋內因為逆光的關係，黑壓壓地罩著陰影，和明亮的戶外形成反比。

岩井抓著擦流理臺的抹布，覺得在亮晃晃的院子裡移動的兩人，看上去彷彿一幕電影畫面。至此，他終於明白徹子為何繼續留在這個家；也明白公公為何如此焦急苦惱，因為不想失去現在的生活。自己卻單方面地嚷著要和徹子結婚，沒有思考到這些事，真是粗心啊。他心想，眼前這幅生活景象，完全沒有自己置喙的餘地。

洗碗布是一條手掌大的合成纖維毛織品。是徹子織的嗎？圖案是附帶一片綠葉的紅蘋果。洗碗精裝在綠色的瓶子裡，看不出是哪個牌子，飄著橘子的香氣。擦碗布是傳統手巾，上面染著「金井米穀店」、「朝日町二丁目町內會」等字樣，有著洗晒過無數次的痕跡，乾淨整齊地摺在廚櫃上。

洗完碗後，岩井無事可做地發起呆，公公朝他招手。徹子正在客廳用吸塵器吸地，他躡手躡腳地走出院子，在公公身旁蹲下來，有樣學樣地跟著拔起雜草。

「接下來怎麼辦？」

公公先悄悄觀察徹子的動靜，小聲地問。

「要先處理那些家具啦。」

有五件耶——岩井再次抱怨，公公想起後，露出灰暗的表情。

「我想也是——」

他用力扭斷雜草。

「乾脆老實招了吧？」

「咦？」公公思考片刻，窩囊地說：「真的要說嗎？」

「因為啊，你們在一起生活了那麼久，就算發現了，也頂多當成笑話、一笑置之吧？」

「太嫩了。」

「我太嫩了嗎？」

「越是生活在一起，越會有一些不想被發現的祕密啊。」

「是這樣嗎？」

「我想徹子也有絕對不想被我們發現的祕密。」

「咦——」

岩井偷看徹子一眼。看起來不像有祕密啊。

「也許岩井老弟你現在還看不見，但是一起生活之後啊，就會自然而然地發現喔。」

徹子一面哼歌，一面把吸塵器的吸嘴塞進茶櫃下方。真的嗎？岩井看向公公。

「女人總是充滿了祕密呢。」公公點點頭，突然說：「我也是啊，其實，我有去植髮喔。」

「咦——！」岩井大吃一驚。

「哎呀，只有一小塊而已啦。」

公公急忙解釋，「畢竟，我是需要上電視的人嘛。」

哪些部分是真的呢？岩井盯著他的頭頂思考，接著問，

「這種事，瞞得過家人嗎？」

公公說，請人員把帳單寄到公司就好了。但……這是什麼心情呢？他嘆氣道。

「尤其不想被徹子看出，我漸漸顯得老態龍鍾。」

岩井頓時一愣，公公趕緊解釋，「啊，這不是戀愛的那種感情。該怎麼說呢？我想，徹子對我也是一樣的吧。」

「哪部分一樣？」

「不想被看穿啊。」

岩井想像不到徹子有什麼事情不想被看穿。

「她絕對不會說自己想要再婚、想要擁有小孩之類的。」

徹子已經不在客廳，大概是去倒垃圾了。

「我想，她一定也想離開這個家、去過那樣的生活，只是不想破壞現在的和平。」

公公接著說，自己也是如此。他不想讓徹子照顧自己的晚年。如果可以，他也想保持現在的狀態，一直過下去；但兩人終究只能維持不上不下的關係，被迫慢慢變老。

因為不想承認自己變老，所以想要裝作自己還很年輕；抑或，因為想要慢慢退出現在的生活，所以才故意被那個女人騙吧。

「我心裡是知道的，必須在某個時間點退出這種生活，只是不小心安於現狀了。」

把心情全盤托出後，公公似乎卸下了重擔，語氣也變得明亮多了。

「要是一樹還活著，我是不是能毫無顧忌地老去呢？」

公公摸了摸銀杏樹。

這裡曾有連同一樹也包含在內的三人生活。岩井能輕鬆想像到那幅畫面；同時也明白，自己要做的不是取代一樹的位置。人與人的關係，不像數學方程式那麼簡單，可以任意代入其他數字來計算。這個家的三角形，突然少了一個邊。明明少了一個邊，卻勉強維持著三角形的形狀。

「不，我想就算一樹還在世，我一樣會手忙腳亂吧。」

與其說是在對著岩井說，公公感覺更像在對著銀杏樹說話。

○總之得設法處理掉家具，岩井跟公公商量之後，決定拿去拍賣網站賣掉。為了拍照，他們把層層包裝拆開，發現東西都是非常罕見的時髦設計，把照片傳給感覺會喜歡的朋友看後，馬上有好幾個朋友表示想要，事情很快便有了進展，公公無奈地道出被騙的過程，東西也順利以原價售出。

最後，家具比想像中更早清空，岩井在寺山家住了十天，隨著家具賣出，他也回到自己家。

徹子以為岩井會借住這麼多天，是被公公拜託，希望他留在這裡，緩和離家出走的尷尬氣氛，所以當岩井終於要回家時，她還低頭道歉「抱歉，把你留了這麼久」。

離開前，徹子為他剝了銀杏，要他帶回去吃。她說，你家沒有銀杏去殼器吧？接著便像剪指甲般，一顆一顆地為他剪開。

「徹子，你想怎麼做呢？」岩井問。

「做什麼？」

徹子專心剝著銀杏，一面反問。

「你想永遠待在這個家嗎？」

「嗯——，我也不知道。」徹子稍作思考。

「我的身體，已經習慣這棟屋子了。」

然後她說：「要我住在水泥大樓，或是一人獨居，應該很困難吧。」

語畢，她稍微撬開堅硬的銀杏殼，把整顆銀杏連同開口笑的殼，一同裝進袋子裡，告訴岩井該怎麼吃，把袋子塞進他的包包。

回到住處後，岩井花了一些時間思索徹子的語意，終於想通了。他不得不承認，自己的家只是吃飯睡覺的地方，是以工作為基礎，隨意搭建出來的休息處。原來如此，這裡缺少了生活的氣息。今後，我得自己一人創造生活感嗎？他光想就頭暈。

公公家有著濃濃的生活味。想必那是從前住在那棟屋子裡的人，與現在住在屋子裡的人，花了無數年的光陰，細心維持下來的吧。

○

「我是寺山。」

門後傳來公公的聲音，岩井急忙打開門，發現他一副剛下班的穿著站在門口。

「太好了，你回家了。」

「這次又怎麼啦？」

「徹子離家出走了。」

「真的假的？」

岩井請公公進屋，看見堆在廚房角落的紙箱，公公說：「哦，水還在啊。」

「抱歉，我還沒喝完……」

「不不，我才抱歉，連水都丟給你處理。」

「徹子是什麼時候不見的？」

「星期天時，她請一樹的堂弟開車載她出門，那天還有回家，隔天突然不見了。」

經他一說，岩井想起今天沒在公司見到徹子。

「我打電話去公司問，聽說她有請假。」

「有請假？那就不用擔心，她可能去旅行了吧。」

「一聲不響地去嗎？」

「也許想報復？」

公公聽了，只能沉默下來。

「我開玩笑的，不用擔心啦。」

「不，我是怕……」公公表情暗下來。「也許她不會回來了。」

聽說公公打電話問了負責開車的虎尾，才知道徹子一直偷偷藏著一樹的骨頭碎片，他們那天是去墳墓歸還遺骨。

「這表示，她想忘了一樹吧？」

這下子，岩井也不知該怎麼回答。

「應該是下了某種決心吧。」

他如此低語。

公公和岩井兩人靜坐下來，各自轉動腦筋，卻無法參透最重要的徹子本人的想法。

「我想，只能等她回來了。」

就在岩井這樣說時，手機突然響起，見到是徹子打來，兩人一陣驚慌，明明不是徹子本人跑來，他們卻莫名心虛。岩井趕緊接起電話，徹子用平時的聲音說：「公公在你那裡嗎？」

她問，岩井也反射性地回答：「在。」

「那我現在過去。」

她說完就掛斷電話。

「徹子說了什麼呢？」

公公害怕地問。

「她好像要過來。」

「什麼時候？」

「現在。」

「來幹麼？」

「不清楚。」

總之，兩人先把裝水的紙箱盡量移到看不見的角落，移完才想到大可不用這麼做，但心虛的兩人還是用換下的衣服蓋住紙箱。就在他們仔細檢查旁邊有沒有遺漏什麼證據時——

「我來了。」

徹子的聲音從門外傳來，岩井最後用手指清點檢查，小心翼翼地開門。

徹子一進來就發現了公公。

「看吧，抓到了。」

她用天真的語氣說，彷彿找到捉迷藏躲著的小孩。

「妳跑去哪裡了？」

岩井問，公公從他身後探出脖子說：「就是說啊——就是說啊——我很擔心妳喔。」

「你上次還不是默默離家出走，這下扯平了。」

她一說，公公又縮得小小的。

「妳跑去哪裡了？」

岩井又問了一遍，徹子說「給你的」，遞出一個紙袋。上面印著京都的店名，眼尖的岩井馬上發現了。

「妳跑去京都喔？」

嗯，徹子點頭。

「京都超冷的。」

紙袋裡放著一個碗。

「為什麼又……碗？」

岩井問，公公旋即「啊」地輕喊。

「原來妳跑去買岩井老弟的碗啊——」

岩井覺得這個碗有點眼熟，拿起後翻來翻去地察看，發現它很像徹子和公公平時用的餐具。

「下次來吃飯時，記得帶過來喔。」

岩井想起上次和他們一起吃飯時，心裡的小小遺憾，不由得抓抓頭。

徹子轉向公公的方向，鄭重其事地說：「爸爸。」

這是公公第一次聽她喊爸爸，不禁嚇了一跳，儘管表情還是怯怯地，但也放棄了掙扎，重新坐直身體。

「已經夠了吧，一樹已經死了。」

公公「嗯」地點頭。

「他已經不在這裡了，我們可以承認這件事了嗎？」

公公這次「嗯、嗯」地點了兩次頭。

於是三人默默坐下，電燈泡在此時啪嚓閃爍了幾下，彷彿在嘲笑他們。

公公抬頭說：「一樹也說，這樣就好。」

◌

在那之後，岩井時不時就帶著那個碗，去公公家吃飯。但是，他不曾把碗收進餐具架，每次都規規矩矩地帶回家。

每一次去，他都漸漸記住一些家事，像是摺衣服的方式、打掃庭院的方式、要去哪家肉鋪買肉等等。可以慢慢學會這些事，讓他非常期待。

公公醉了特別多話，會拚命述說人生的大道理。

「人是會變的啊，這是多麼殘酷的事實，但同時，這也為人們帶來救贖。」

「你喝太多了啦。」徹子雖然這樣說，自己也因為酒醉，心情特好。岩井今晚大概也喝多了，看見什麼東西都想笑。

如今回想，自己的住處被家具塞爆、跟公公匆匆換上西裝跳上末班車……這些事，當真發生過嗎？他用迷濛的腦袋想著。就算真的發生過，有朝一日，也會逐漸在記憶中淡去吧。既然如此，有沒有發生過，似乎也不重要了。人帶著這些記憶，有朝一日會去到哪裡呢？都無所謂了。我只想要慢慢地變化，這樣也不錯啊——他想分享這段感觸，然而，面對兩個酒醉的人，另一個酒醉的人能說出口的，也只有口齒不清的醉言醉語吧。

徹子推開玻璃拉門，想關上外側的遮雨板，冷空氣霎時鑽入客廳。三人迎著院子的夜風，讓身體暫時冷卻。方才的熱氣和酒氣迅速消散，眼前又是一片寧靜的夜晚，殘留下來的是「這樣也不錯啊」的感覺，久久停駐在岩井心裡。

一樹

「幫我買明天的麵包回來。」

夕子喊道，一樹從書本當中抬起頭，「欸」地皺眉。

「我看得正精采耶。」

就在他想繼續看時，整本書被媽媽抽走。書裡的主角好不容易把名叫「影」的敵人逼入絕境——接下來會如何發展？故事正演到高潮，媽媽卻使喚他去買東西，他明明沒答應。媽媽把紅色的錢包塞到一樹手裡，下了最後通牒：「買跟平時一樣的喔。」

一樹無奈地站起來，順便問：「可以買冰淇淋嗎？」

媽媽一面把肉和蔬菜塞進冰箱，一面喊道：「我要桃子口味的——」

開門一看，外面下雨了。一樹心想「唉——真麻煩」，想找自己的雨傘卻沒找到，沒辦法，只好從傘架抽出媽媽的圓點雨傘，走出家門。

當小孩子真的很吃虧。一樹越想，心裡越不平衡。明明是媽媽自己忘記買麵包，怎麼不自己去買呢？更何況，早上他根本不想吃麵包。每天早上醒來，盤子裡都放著一塊早就烤好、毫無變化的吐司，看起來可憐兮兮的，就算抹上奶油或是果醬，也不會變得多好吃。

便當也常常被媽媽暗算，裡面放了奇怪的東西，有次還直接把人家送的巨大松茸做成佃煮[18]埋在飯裡，引來班上同學的爆笑。媽媽做的便當，絕對不能大意！所以，每當遇到需要帶便當的日子，他都會隱瞞到當天早上出門前才說，媽媽會生氣地唸著「為什麼不早講？」，一邊把午餐費塞給他。一樹心裡知道，若是說了「因為媽媽做的便當很丟臉啊」，他和媽媽的關係會變得無法修復，所以忍著沒說。

媽媽做的東西總是醜醜的、很過時。衣服也是，大家都穿著漂亮的新衣服，只有他穿親戚留下來、經過縫補的舊毛衣和舊褲子。明明社會景氣前所未有地好，班上卻只有他穿著破舊的衣物，顯得很醒目。因為這樣，他也自然不太想跟同學玩，變成一個下課時間都在看書的文靜小孩。總之，自己一個人最輕鬆，他甚至可以一整天在學校都不說話。從前的一樹，就是這樣的孩子。

撐傘走了一陣子，心情也變好了。覺得雨打在傘上的聲音很好聽的，全世界該不會只有我一人吧？但是，獨自待在雨傘下，並不需要感到丟臉。他喜歡雨天，因為可以明確知道自己的藏身處。

他在平時常去的麵包店，買了一條切成五片的吐司麵包，小心翼翼地抱著麵包、不被雨水淋溼地走著，這時，後方突然傳來嘩啦嘩啦踩過水窪的聲音，腳步聲步步逼近，一個留著妹妹頭的小學低年級女生說：「借我躲一下！」

就這樣闖進了雨傘下。

一樹吃了一驚，女孩也嚇到了。因為雨傘的圖案是圓點，她一定以為是女生撐的傘。可是，她旋即露出親切可愛的笑容。仔細一看，女孩抱著

18 注：用醬油與糖煮至濃稠入味的日式家常小菜。一般來說，高級的松茸不會做成佃煮。

一隻小狗。為了不讓小狗淋到雨，她的身體歪向一側，一面配合一樹的腳步，一面努力跟上。女孩濡溼的髮梢，散發出一股既像汗水又似蒸氣的味道，朝一樹的臉飄來。她的運動鞋裡似乎浸了水，每走一步就發出噗嘰聲，配合著呼吸的節奏，緊緊貼上撐傘的一樹。

「這把傘的聲音真好聽。」

女孩抬頭看他，模樣有些人小鬼大，向上抬的眼睛烏溜溜的。

「我的傘也很好聽喔。」

她洋洋得意地說，身上傳來淡淡的咖哩味。

「妳今天午餐吃咖哩嗎？」

一樹問，女孩嘿嘿地笑了——

「昨夜的咖哩。」
她的聲音彷彿在唱歌。
「那隻狗，叫什麼名字？」
一樹又問，女孩溫柔地摸摸小狗說：「還沒決定。」
「嗯哼——原來是這樣。」
「大哥哥抱的東西是什麼呢？」
女孩看著一樹寶貝似地揣在懷裡的麵包，問道。
一樹稍微想了一下，回答她：「明日的麵包。」
女孩突然說：「我要走這裡。」
她用裙子包住幼犬，奔入雨中，細細的雙腳蹦蹦跳著，跑步時嘩啦啦地濺起泥水。眼看她就要走遠，卻又突然停下來，轉過頭來大聲問道：

「我可以叫牠麵包嗎？」

「很棒的名字。」

一樹大喊，女孩再次衝入滂沱大雨中，不再回頭。一樹茫然目送她的背影離去，心想剛剛是怎麼回事？剎那間，他也有一種自己抱起小狗的錯覺，真是太奇妙了。

這天的邂逅，一樹不曾對任何人提起。儘管沒說，這件事卻始終盤繞在心底。那天在雨中蹦蹦跳過水窪的小腳丫，令他莫名在意。

◌

一樹十七歲時，母親過世了。當時他正值叛逆期，就算想對母親態度好一點，卻無法立刻做到。他還是一個血氣方剛的兒子，母親就倉促離開了。直到失去母親，一樹才發現自己之前能與父親對話，都是因為有母親居中擔任橋樑，想必父親也是一樣吧。他們父子倆缺乏共通的語言，非必要事項不會交談，例如幾號之前要繳錢、鑰匙放在哪裡等等。兩人看的電視節目、愛吃的食物、就寢的時間，通通不一樣。母親去世後，家中的一切急速褪了色。尤其是母親常用的器物，像是碗、梳妝臺、椅子，甚至連椅子上鋪的坐墊，都因為失去了主人而變得黯然失色，彷彿成了棄置在無人造訪的博物館裡的古老物品。

說實話，一樹不想待在家裡。那棟屋子裡只有無論問什麼都只會回答「不錯啊」的父親，還有不斷堆積的灰塵，實在太陰暗了。他想去更明亮的地方，像是百貨公司，無論何時去都如此明亮、美麗、閃閃發光，每個人都很親切、笑聲不斷。於是他認真打工，買了車，用這輛車載女孩子去海邊、去城市玩；也喜歡和臭氣相投的好友滔滔不絕地聊到精疲力竭，有時沉默、有時爛醉、有時爭吵、有時言和，多麼快樂啊。縱使快樂，有時他也會驀然醒悟，玩樂僅僅是玩樂，總是重複著相同的行為。每當此刻，他都會想起那個冰冷、無法動彈的母親，一股近乎恐懼的悲傷又會再度襲來，在大夥想著要去哪裡續攤的時候、在街頭等人的時候、在漂亮的選物店跟女孩打情罵俏的時候。他會全身僵直，整個人被悲傷侵蝕，腦袋停止思考，覺得自己宛如那個布滿灰塵、死氣沉沉的家，彷彿一切都靜止了。

那天，他也陷入低潮，本來還跟朋友們打打鬧鬧，最後卻剩獨自一人。明明不想喝，酒卻一杯接一杯，莫名地厭惡起自己。

踏出店門時，天已亮，天空下起了雨。他把開來的車停放在原位，找出收在車內已久的雨傘，準備走路搭車。夜裡看不出來，天亮以後，街道上看起來骯髒不堪，四處垃圾散落。坐上電車後，旁邊的上班族似乎在聽英語會話錄音帶，車廂裡的人各個靜止不動，令人懷疑他們有沒有在呼吸。

下車後，撐起傘，頭頂傳來雨水打在傘上的滴答聲。聽到這個聲音，他忽然覺得地球上只有自己孤單一人，排山倒海的寂寞感湧現，使他差點吐出來。此時，迎面走來一個女高中生，看見一樹後停下腳步。

「啊。」

她指著他。正確來說，是看見一樹的圓點雨傘，「啊」了一聲。下一秒，女孩似乎為了自己的沒禮貌感到羞愧，低頭說：「抱歉、抱歉。」道完歉就跑掉了。

看見那雙踢著地面積水的腳，一樹也不禁「啊」地大叫——是很久以前說「昨夜的咖哩」的那個女生。一樹追上女孩，女孩的腳宛如貓咪，柔軟富彈力，在地上登登登地迅速移動。追逐的時候，一樹知道自己要的是什麼了。母親總是在忙碌地動著，晾衣服、在廚房切菜、在庭院拔草、在緣廊晒棉被……他從來沒見過母親停止的樣子。偶爾叫一樹跑腿，一樹要賴時——

「動就是活著，活著就是要動！」

她會用恐怖的臉發起脾氣說。

「這個世界上，沒有得與失。」

母親經常把這句話掛在嘴邊。

風雨打在一樹的臉上，他心想，這次一定要追到她。要是跟母親當時一樣，自己老愛耍酷逞強，會讓重要的事物從掌中溜走。這一次，他要不計形象、不顧一切地求她停下來。一樹伸長了手，終於搆著女孩淺褐色的柔軟上臂，女孩訝異地停下腳步。
「妳曾經抱著一隻小狗，對吧？」
一樹上氣不接下氣地問，女孩吃驚地說：「你還記得？」
「當時的狗，怎麼樣了？」
其實他想問的不是這個。
但女孩說：「麵包還活著喔。」
她真的把小狗取名叫「麵包」——一樹一陣狂喜。他想跟她說更多更多話，總之，現在得先冷靜下來、喘口氣。他靜待撲通、撲通的心跳緩和下來，一邊等一邊想，「此刻，我終於感覺到自己是真正地活著了」。

黏人蟲

徹子本來以為，買完碗後，事情就結束了。

最近這陣子，公公有什麼事都會找岩井老弟幫忙，岩井也會一面低頭說「抱歉、抱歉」，一面跑來家裡，慢吞吞地待著，嘴上說「哎，已經這麼晚啦」，屁股卻不肯抬起，就這樣跟他們一起吃晚餐。他看起來戰戰兢兢，卻又厚臉皮，簡直就像有得吃就不請自來的流浪貓。徹子心想。

岩井大概也有自知之明，起初還會拘謹地使用客用餐具，不久就把徹子送他的碗連同筷子一起帶來。飯後，碗會被其中一人洗好，乾淨地倒放在餐具架，而岩井總是不知何時摸走他的碗，收進包包帶回家。公公說，他從沒目睹岩井收碗的一瞬間。經他一說，兩人也沒看過他把碗拿出來的一瞬間。

對岩井來說，若無其事地跑來吃飯沒問題，但是被看見拿碗收碗的一瞬間，似乎是相當羞恥的事，所以，徹子也不刻意提起。要是不小心說出「你把碗留下來吧」，他以後豈不會拖拖拉拉待到更晚，最後乾脆住下來嗎？

徹子看過一種仿照自然溪流做成的水族箱，聽說裡面的魚不需要餵食，也不需要換水。因為水族箱善用了自然循環，保持絕妙的生態平衡。但是，倘若裡面多了一條魚，就會破壞整體均衡，水會變得混濁，水族箱裡的世界會逐漸崩壞。

人際關係又何嘗不是呢？一點小小的因素，都會漸漸改變某種平衡。可以的話，徹子不想破壞現有的生活。岩井就是明白她的心情，才悄悄把碗帶回家的吧。

○

虎尾幫忙開車歸還一樹骨灰的隔日早晨，徹子早早睜開眼，卻怎麼也不想下床，久久賴在棉被裡。

廚房傳來公公用水的聲音，聽說他今天必須起個大早出門工作。公公的哼歌聲突然變成「啊！」的慘叫，緊接著傳來乒乒乓乓東西翻倒的聲音，徹子想要起身察看，身體卻動不了。只聞公公的腳步聲匆忙地來回移動，最後終於平靜了下來。又過了一會，玄關傳來關門聲，廚房也恢復寧靜。

十點以後，徹子總算慢慢爬起。廚房維持著乾淨整潔的模樣，看來公公那聲慘叫沒有想像中嚴重。她打開冰箱，看看有沒有吃的。公公似乎一早煮了白飯，她把飯盛進碗裡，炒了維也納香腸和高麗菜，又煎了一顆荷包蛋，倒到飯上淋點醬油，整碗端去客廳。

打開電視，播出的是一部重播的古老戲劇，主角即將開始在殯儀館工作。轉臺轉了半天，都沒找到想看的節目，徹子轉回那部重播的戲劇，螢幕上出現老演員的特寫，沉沉地說出一句重要臺詞「喪禮就是mourning」。

徹子停下筷子，佩服地想著，原來如此啊，人生的最後（mourning）和一天的起始（morning），發音竟如此相似，聽起來很矛盾，但她似乎可以懂。

恍惚之間，腦袋冒出在天還未亮的柏油路上，排成一列行進的和尚。他們身上只披一塊布，打著赤腳。那是在前往機場的計程車上看見的光景，她和一樹去泰國普吉玩的回程上。日出時分將近，天邊開始泛起魚肚白，黎明中，和尚虔誠的一邊誦經，一邊前進。坐在身旁的一樹見了，喃喃說道「啊，原來如此啊」。

「他們朝著太陽升起的方向走。」

一樹說得沒錯，每一位和尚的臉上，都被黎明升起的太陽光照耀著。

接下來又過了兩年，當一樹在病房說「活著就是朝升起的太陽走」時，徹子馬上知道，他想起了當時的和尚。

徹子戳破蛋黃思忖，岩井已經吃過早餐了嗎？在兩個家來來去去的碗，今天裝了什麼呢？

○

當天下午，徹子臨時起意搭上新幹線，想去為岩井買碗。她和公公現在用的碗是在京都買的，岩井用的碗也必須是在京都買，這樣才公平。

抵達京都車站時，太陽已西斜，每一間飯店都客滿，她放棄上網訂房，直接打電話四處問，一間飯店說，三萬日圓的套房現在就有空房。徹子沒力氣繼續找，雖然有點貴，但要怪也要怪自己臨時起意，今天就在那裡住下吧。

三萬日圓的套房果然厲害。儘管不知道用意，但裡面隔成兩個房間，電視也有兩臺，把臥室的窗簾拉開，可以直通露臺，露臺上放著一張白桌與兩張椅子。浴室是透明玻璃，怎麼看都像蜜月套房。徹子心想，他們去普吉的時候，住的套房比這寒酸多了啊。接著，她把能開的門都打開，找到了抹茶組和茶點，上頭註明不用加收費用。於是，她一面閱讀沖泡說明書，一面用茶刷刷到抹茶微微起泡，在寬闊的房裡嘶嘶嘶地大聲享用抹茶，自己想著也覺得好笑。這裡還有另一份抹茶和茶點，因為是雙人套房，所有東西都是兩份。咖啡杯、牙刷、湯匙，全是剛剛好的兩人份，更加突顯了她的孤單。

驀地，徹子想起自己不再保留一樹的骨灰碎片，一股不安襲上心頭，自己該不會做了什麼無法挽回的事情吧？然而，這次的不安輕了許多，不再像從前那樣，巨大到會把自己壓垮。徹子拆開第二包黑豆口味的甘納豆，心想，年紀變大就是這麼一回事吧。

露臺上的白色桌椅，想必也包含在三萬日圓內吧，該在什麼時機使用，徹子毫無頭緒。也許是用來觀賞日出的？隔天，她刻意在天還沒亮時起床，在玻璃浴室淋了浴，想像自己是什麼大人物，深深坐進那張白椅裡，獨自靜待破曉。

無論身在何處，清晨都給人一種莊嚴肅穆感——徹子思忖。萬籟俱寂，空氣冷冽，連密度都顯得不同。眼下的建築都蓋得低低的，家家戶戶的屋瓦上有著漂亮的圖案，甚至能望見遠方低矮的山頭。不愧是京都，徹子不由得微笑。

從護欄向下望，有一座空的游泳池。徹子感到意外。任何地方都沒寫這間飯店有游泳池，看來已經塵封多年沒有開放使用，藍色的泳池底部飄散著落葉。從前，這裡也曾有過穿著新泳裝的住宿旅客，愜意地躺在泳池邊晒太陽，各自度過特別的時光吧。她沒料到如此富麗堂皇的建築物，也悄悄藏著塞滿往昔記憶的空洞。想必今日住宿的旅客都不知道吧，只有此刻沐浴著朝陽的自己發現了這件事。

和一樹去普吉旅行時，她應該卯起來買了很多伴手禮，回過神來，自己手邊卻沒留下任何紀念品。印象中，她為自己買了一個貝殼做的小東西，也許早就丟了，也許還收在哪裡，她自己也記不得了。

雖然不是刻意，但徹子在觀光手冊發現了賣貝殼標本的小店，決定去逛一逛。來到京都尋找在普吉買過的紀念品，這個念頭本身就很不正常，然而她的心裡，也藏著如飯店廢棄泳池般的巨大空洞，想要填補這個空洞，需要用上跟一樹相關的物品。

那家店裡不只販賣貝殼標本，還有令人眼熟的小小植物標本，用透明樹脂固定在三公分的立方體中，密密實實地放在一個大木箱裡。店裡的人說，這是今年春天剛做好的。尚未飛向空中的蒲公英種子冠毛，與初綻的染井吉野櫻，連同時間被封存在樹脂中，如同一幕靜止畫面。其他還有像是瓜槌草啦，或是一些帶刺的果實，徹子還在裡面發現了兒時常玩的「黏人蟲」。

孩子們都叫它黏人蟲，但它其實不是蟲，而是植物，果實的外殼刺刺的，會黏在衣服上。應該是為了將種子帶向遠方吧。徹子還是頭一次知道，它的正式名稱叫做蒼耳，儘管沒有實際跟一樹玩過這種刺刺的小果實，但兩人都知道這種草，曾一起懷念地說，「啊——，是小時候玩過的黏人蟲」。

徹子曾漫無目的地收集了好多這種綠色小果實，黏在朋友的毛衣上，捧腹大笑。如今，她已不記得這麼做哪裡有趣，只記得自己曾經在毛衣上黏滿這種小果實，洋洋得意地跟朋友說「看吶、看吶」。明明兩人過著截然不同的童年，但一樹與她，都有過相似的遊玩記憶。

最初告訴徹子有這種植物的，是她的母親。還記得母親把臉湊過來，說「徹子，妳看」，在她粉紅色的開襟衫袖口，輕輕黏上這種小果實。粉紅色的袖口襯著白色罩衫的蕾絲袖，徹子猛一看，以為有綠色的小蟲沿著袖口蠢蠢欲動地爬上來，嚇得抱住母親哇哇大哭。

店裡販賣的黏人蟲標本，形狀跟記憶中的並無二致，但不是當年摘採的綠色果實，而是乾枯的褐色果實，漂浮般地封存在透明的四角凝結物中。徹子覺得，那看起來彷彿黏人蟲的棺材；也像她自己，總愛黏在一樹的毛衣上，想要和他一起白頭偕老，結果無法實現，回過神來，變成一顆形單影隻的乾枯小果實。

長年以來，持續把自己困在巨大空洞裡的，或許不是一樹的骨灰碎片，而是這副黏人蟲的棺材吧。之所以遲遲無法放手，是因為旁邊被樹脂固定了，拒絕再黏向其他人。這個標本就是自己的寫照。徹子從各個角度仔細觀看標本之後，靜靜將它歸回原位。她下定決心，這次要放手了。再見了，小小的自己。想和一樹永遠黏在一起的自己。以為世界末日來臨的自己。以為被世界遺棄的自己。此刻，她終於發現，自己並沒有被困在狹窄的空間裡；現在，她需要繼續活在時間的軌道上。一樹會原諒她產生了這樣的想法嗎？會的。畢竟，一樹是世上最為她著想的人啊。

徹子沒有買貝殼，也沒有買下黏人蟲，就這樣走出店門。這是一棟用古老的民宅改建成的小店鋪，裡面維持著和室的榻榻米隔間。昏暗的店內感覺得出是古老建築，但是看到那些精心擺設的標本，又會產生不小心闖入未來商店的錯覺。要說這間店百年前就存在，百年後也依然存在，似乎都能取信於人。

既然這間店有這些標本，自己也不需要再執著了。若是懷念起從前的自己，就再來一趟吧。

搭著地下鐵來到三条通，路上出現觀光人潮。徹子埋在人流中，順流前進，腦中想到了剛退房的飯店。那裡應該已經換上新牙刷與新抹茶，自己住過的氣息會被澈底抹消，成為全新的套房，重新標價三萬日圓，等著下一組客人光臨。

然而，徹子知道，套房裡的沙發扶手，有仔細修繕過的痕跡。就連那看似時光靜止、一切皆如新品的飯店裡，時間依然在無情流逝，帶著空洞的游泳池一起前進。

幫岩井買好碗後，趕緊回家吧。然後，用新的碗盛上地瓜飯，前提是公公還沒吃掉鄰居送來的地瓜。吃完飯後，把碗洗淨、擦乾，即使如此，岩井仍會悄悄把碗帶走嗎？

徹子想告訴岩井，她本來以為買了碗後，事情就結束了，原來不是這樣子。事實上是，買了碗之後，許多事才剛要開始。也許不是閃耀的未來，但是會緩緩地展開、向前邁進。

走路時，徹子哼歌般地喃喃自語。買個碗吧，挑個顏色漂亮的碗，疊起來時要能保持絕佳平衡。

解說

重松清・作家

本作《昨夜的咖哩，明日的麵包》之日文單行本初版，於二〇一三年四月問世。

同時期，同一家出版社（河出書房新社）亦推出MOOK《文藝別冊總特輯・木皿泉》，其中刊載了一篇題為〈成為夫妻劇本家、小說家〉的長篇採訪報導。採訪日為同年二月二十八日，採訪者是重松清，也就是我——不過，這並非重點。

面對即將推出第一本小說作品的「木皿泉」兩人（或許現在提及已顯多餘，但「木皿泉」是由和泉努先生與妻鹿年季子女士組成的夫妻創作團體），這本小說會給讀者帶來怎樣的感受呢？我們不妨先從作家的訪談中窺見一二。

當採訪逐漸聚焦於本書時，兩人開口的第一句竟然是——

妻鹿：「哎呀，真不好意思……」

和泉：「真抱歉哪——」

兩人雙雙道歉，表現得誠惶誠恐。

原因是，本作雖稱不上篇幅宏大，但經歷漫長歲月才得以付梓。這是因為，木皿泉裡「負責執筆」的妻鹿女士在完成第一章〈哞哞哞〉後，便陷入了創作瓶頸。接下來，讓我們透過妻鹿女士的訪談，逐步揭開這背後的故事。

「總之，我只能不斷說著『在寫了、在寫了』，為自己的遲滯找藉口。」這部作品歷時九年才完成，可謂艱難的催生過程。「九年前來邀稿的出版社編輯，如今已升任社長了呢！（笑）而且，這是前年的事情了。」難產也該有個限度。

據說，她在創作〈嗯嗯嗯〉的過程中，感受到極大的痛苦。

「好不容易寫完後，我真的覺得受夠了。當時抱著『我何必這樣折磨自己』的心情，艱難地將小說完成。」

「我一邊摸索著『小說大概長這樣吧？』一邊寫稿，到頭來卻依然無法理解小說是什麼。」

具體來說，究竟是哪些部分讓她感到如此痛苦呢？

「起初抱著『這就是小說！』的氣勢，豁出去完成了第一章，就突然寫不出來了，原因是腦中始終無法勾勒出故事畫面。通常我在寫電視劇本時，腦海裡總能瞬間『啪——！』地跳出場景，只要照著寫下來就行了，但面對小說，這份直覺卻遲遲不出現。」

我想，初次挑戰小說的意氣與壓力必然造成影響，而更多的，或許是對劇本與小說截然不同的創作方式感到困惑吧。猶記採訪當時，妻鹿女士反覆提到「小說」一詞。印象中，她說出「小說」時，語調中透著微妙的停頓，彷彿流露著生澀與忐忑。這或許正反映出，妻鹿女士在與小說拉近距離的過程中，所經歷的內心掙扎。

在那段與小說陷入苦戰的漫長時期，兩人甚至一度萌生改寫成其他內容的念頭。

但是，久久重讀〈呣呣呣〉，她不禁笑道——

「故事居然這麼有趣（笑）！沒錯，『很有趣嘛』！」

「重讀之後，我才驚覺『原來自己想寫的是這種東西啊』，眼前豁然開朗，變得有趣起來。我輕鬆地想『啊，若是這種感覺，我應該寫得出來？』，抱著這種心情提筆創作。然而，〈呣呣呣〉畢竟是一篇『小說』，我必須努力呈現『小說』應有的模樣。同時，我也明白，只要把『阿寶』和『公公』等人物的故事線清晰地寫出來，這樣就行了。終於，我重新拾起了筆桿。」

這正是起死回生的一刻。妻鹿女士終於領悟，「小說」不過是一種「容器」。她真正需要描繪的，並非「容器」的外觀，而是當中承載的「人物故事」。

身為採訪者，或許不該如此踰矩，但仍請允許我說：這是整場兩小時的採訪中，我最為贊同的一刻。

在完成報導時，考慮到許多讀者可能尚未閱讀《昨夜的咖哩，明日的麵包》，因此有所保留。但當時為了準備採訪，我有幸提前細讀完整本小說，以下是我最想對妻鹿女士說的真心話：

——您剛才的這番話，不正是讓《昨夜的咖哩……》的登場人物各自有了故事，並巧妙地串聯在一起嗎？

直到二〇一五年晚秋的此刻，這個想法都不曾改變。更進一步地說，《昨夜的咖哩……》不正是木皿泉歷來的戲劇作品中，反覆貫穿核心的「發現與解放的物語」嗎？

原來如此啊，「救救我」——這才是現在最貼近心情的句子。（摘自〈能量景點〉）

師傅沉思片刻，小聲喊了出來：「啊，我懂了！」喊完之後，她不時

兀自點頭：「原來如此，我總算懂了。」（略）「我想和人生死與共。」（摘自〈山女孩〉）

原來如此，我想要的是這種東西啊。徹子邊走邊思考，感到恍然大悟。（摘自〈魔法卡片〉）

此外，配合文庫版特別加寫的〈黏人蟲〉中，也有一個場景令人印象深刻：坐在身旁的一樹見了，喃喃說道「啊，原來如此啊」……這裡一樹究竟發現了什麼呢？就讓我賣個關子吧，若是在此揭露新篇的內容，就真的太失禮了。

即便如此，對於那些秉持「文庫版就是要從解說開始讀」原則的讀者來說，或許仍覺得多餘，甚至有些煞風景吧。

然而，請放心，書中還準備了形形色色的「發現」與「解放」的時刻，靜待讀者親自發掘。舉引用段落中的共通話語為例，就是那些出現「原來如此啊」的地方；或者，讀者也可以從「這樣也不錯啊」等承接語句來留意，思索其中的意涵。是不是有些突如其來？但我想，這樣也不錯啊。至於本書在哪些段落、以何種方式呈現了「這樣也不錯啊」，暫且賣個關子。我想，對已經讀過的人，只需投以心領神會的一瞥，用眼神說「對吧？」、「是這樣沒錯吧？」；至於尚未讀過的朋友，也請稍稍期待，這些細節會成為讀來妙趣橫生的小驚喜。相信這些巧妙之處，能在故事高潮時，帶來最高的樂趣。不僅是女性讀者，連男性讀者也能在細膩的刻畫中感受到共鳴。

本書的魅力，不僅僅在於木皿泉透過小說與電視劇所傳遞的故事樂趣，更在於引領讀者去發掘散落於故事各處、輕重不一的「原來如此／這樣也不錯啊」。這些點滴，能幫助我們找到埋藏於心中的那份「原來如此啊（＝發現）」，並感受滲入胸口的「這樣也不錯啊（＝解放）」所帶來的溫暖與欣喜。我甚至為此深深著迷，不斷重讀、重看木皿泉創作的每一個故事。

正如妻鹿女士在名為「小說」的框架中掙扎了十年以上（這是我個人的推測——或許和泉先生早已察覺她痛苦的根源，因此選擇以沉默的方式傳遞鼓勵：「年季子啊，這裡要咬牙撐過去喔」）。我們每個人，或許也在不知不覺間，被某些無形的事物困住。那可能是自己的心魔、人際關係、社會常規，甚至是過去、未來，或眼下的生活。縱使內心渴望逃離，身體卻彷彿被禁錮，只能默默承受痛苦。有時，我們甚至無法察覺這些痛苦的存在，直到某一刻，才驀然發現自己早已疲憊不堪。

在木皿泉的故事裡，我們能輕易看見自己的影子。那並非登場人物的經歷或遭遇，而是他們被困住的方式，如此熟悉。即使是電視劇《機器女友Q10》這樣荒誕無稽的設定，其角色被困住的方式仍真實得讓人忍不住感嘆：「啊，我懂……」而那陣「原來如此／這樣也不錯啊」的欣喜，正如同散落於我們日常生活中的微小幸福。

無論是透過電視螢幕，還是書頁之間，當登場人物突然領悟「原來如此啊」，隨後豁然開朗「這樣也不錯啊」時，我們也會不自覺地放鬆吐出一口氣。這口氣究竟是為誰而吐？事實上，那些放鬆、暢快與掌聲，或許有半數以上，是獻給我們自己的，對吧？

但我必須及早提醒，在「發現」與「解放」之後，我們不應急於去「解決」。「原來如此／這樣也不錯啊」的欣喜，只是眨眼間的微光。在那短暫卸下重擔的瞬間，人們往往又會背負起新的重擔。就像公公對徹子說的：「這樣算是悲傷嗎？人活在這個世界上，總是被什麼給束縛著啊。」完全就是如此，這正是人生的寫照。書中的徹子、公公、阿寶或岩井，誰不是如此？每個人總會被某些東西束縛著。

正因如此，那轉瞬的恍惚中所領悟的「原來如此／這樣也不錯啊」，才顯得彌足珍貴。

有人會說，這樣的瞬間就是「奇蹟」吧。也有人或許會一笑而過，認為「才沒這回事」。

即便如此，奇蹟或許依然會降臨。我想要溫柔地相信，在我們被囚禁的日常裡，奇蹟會悄然降臨。我們的人生，值得這樣的溫柔。我相信，這正是木皿泉在眾多故事中一再傳遞的核心主題。

有趣的是，在二〇一三年二月的訪談中，妻鹿女士曾這樣說道：

「如果這部作品讀者真的喜歡……覺得看了很開心的話，我還滿想寫寫看劇本的。前提是有人想看。」

當時，我嘗試提到改編成真人劇的可能——

「可是，電視劇的企劃絕對不可能通過啦（笑）。」

「因為很平淡啊，應該不可能拍成。」

這些話聽來實在過於保守，已經不是謙虛，而是缺乏信心了。想必此時此刻，每個人聽到這些話都會心生苦笑吧。

截至二〇一五年十一月，日文單行本已突破約十六萬冊的銷量，締造暢銷紀錄。這顯示出，讀者的需求遠超過妻鹿女士當初所說的「前提是有人想看」。不僅如此，本書更在TBS電視節目《國王的早午餐》舉辦的「BOOK AWARD 2013」中獲得大賞；並在二〇一四年入圍山本周五郎賞的最終決選；同年摘下本屋大賞第二名，這也意味著在行家之間獲得極高的評價。

而且，同樣是在二〇一四年秋天，本書真的由NHK BS Premium電視臺實現了改編成連續劇的企劃！由木皿泉親自撰寫劇本，仲里依紗小姐飾演徹子，鹿賀丈史先生飾演公公的電視劇版《昨夜的咖哩……》，以其溫柔的敘事，呈現了「試著和比自己早死的人們，生死與共。」的情感，並突顯了圍繞家族歷史的「老屋」作為故事背景的深遠意義，進一步拓展了作品的深度與廣度。

二〇一六年，日本出版社推出更加輕便的文庫版本，並且加入全新的短篇，期待能與更多新的讀者相遇。

相信未來，有更多年輕讀者將能接觸到這本書。正如〈魔法卡片〉中的少女所經歷的困境，年輕一代的讀者或許更能感同身受，並在瞬間體會到「原來如此／這樣也不錯啊」的那份欣喜。我真心期待未來能和這些讀者一起暢聊木皿泉故事的美好——畢竟，我與故事中的公公年齡最為接近，已經默默期待與不同世代的讀者交換心得了。

昨夜的咖哩，明日的麵包

昨夜のカレー、明日のパン

作　　者　木皿泉
譯　　者　韓宛庭
特約編輯　許芳菁 Carolyn Hsu
責任行銷　朱韻淑 Vina Ju
封面裝幀　蕭旭芳
版面構成　黃靖芳 Jing Huang
校　　對　許世璇 Kylie Hsu

發 行 人　林隆奮 Frank Lin
社　　長　蘇國林 Green Su

總 編 輯　葉怡慧 Carol Yeh
日文主編　許世璇 Kylie Hsu
行銷經理　朱韻淑 Vina Ju
業務處長　吳宗庭 Tim Wu
業務專員　鍾依娟 Irina Chung
業務秘書　陳曉琪 Angel Chen
　　　　　莊皓雯 Gia Chuang

發行公司　悅知文化　精誠資訊股份有限公司
地　　址　105台北市松山區復興北路99號12樓
專　　線　(02) 2719-8811
傳　　真　(02) 2719-7980
網　　址　http：//www.delightpress.com.tw
客服信箱　cs@delightpress.com.tw
ＩＳＢＮ　978-626-7537-88-6
建議售價　新台幣３９９元
首版一刷　２０２５年４月

著作權聲明

本書之封面、內文、編排等著作權或其他智慧財產權均歸精誠資訊股份有限公司所有或授權精誠資訊股份有限公司為合法之權利使用人，未經書面授權同意，不得以任何形式轉載、複製、引用於任何平面或電子網路。

商標聲明

書中所引用之商標及產品名稱分屬於其原合法註冊公司所有，使用者未取得書面許可，不得以任何形式予以變更、重製、出版、轉載、散佈或傳播，違者依法追究責任。

國家圖書館出版品預行編目資料

昨夜的咖哩，明日的麵包／木皿泉著；韓宛庭譯. -- 初版. -- 臺北市：悅知文化精誠資訊股份有限公司，2025.04

336面；13×19公分

ISBN 978-626-7537-88-6（平裝）

861.57　　114003341

建議分類｜文學小說・翻譯文學

版權所有　翻印必究

本書若有缺頁、破損或裝訂錯誤，請寄回更換

Printed in Taiwan

YUBE NO CURRY, ASHITA NO PAN by Izumi Kizara
Copyright © 2016 Izumi Kizara
All rights reserved.
Original Japanese edition published by KAWADE SHOBO SHINSHA Ltd. Publishers.

This Complex Chinese edition is published by arrangement with KAWADE SHOBO SHINSHA Ltd. Publishers, Tokyo in care of Tuttle-Mori Agency, Inc., Tokyo through Future View Technology